W0002822

François Lelord

Hector & Hector und die Geheimnisse des Lebens

François Lelord

Hector & Hector und die Geheimnisse des Lebens

Aus dem Französischen
von Ralf Pannowitsch

Piper
München Zürich

Mehr über unsere Autoren und Bücher:
www.piper.de

Von François Lelord liegen im Piper Verlag vor:

Hectors Reise oder die Suche nach dem Glück
Hector und die Geheimnisse der Liebe
Hector und die Entdeckung der Zeit
Im Durcheinanderland der Liebe
Die Macht der Emotionen (mit Christophe André)

ISBN 978-3-492-05167-5

Satz: Satz für Satz. Barbara Reischmann, Leutkirch
Druck und Bindung: CPI – Clausen & Bosse, Leck
Printed in Germany

Es war einmal ein Junge namens Hector.

Weil Hector einen Vater hatte, der ebenfalls Hector hieß, nannte man ihn in der Familie oft »Petit Hector«. Das hätte ihm auf den Geist gehen können, was es aber nicht tat, denn seine Maman und sein Papa hatten ihn schon so zu nennen begonnen, als er sehr klein gewesen war, und so hatte er sich daran gewöhnt.

Und trotzdem: Wenn man einem Kind den Vornamen des Vaters gibt und außerdem noch das Wörtchen »klein« davor setzt – kann ihm das später nicht Probleme einbringen, Komplexe vielleicht? Wird man es damit nicht anstacheln, alles genau so wie sein Vater zu machen – oder im Gegenteil große Dummheiten anzustellen, um sich von seinem Vater abzuheben? Hätten seine Eltern nicht lieber einen Psychiater zu Rate ziehen sollen, ehe sie sich den Vornamen aussuchten?

Nein, hätten sie nicht, denn der Vater von Petit Hector war ausgerechnet selbst Psychiater! (Und Psychiater bitten ihre Kollegen niemals um Rat, wenn es um die Erziehung ihrer Kinder geht – sie würden nicht unbedingt großes Vertrauen in ihre Antworten setzen.)

Psychiater ist ein schöner Beruf, aber am Abend darf man seiner Familie nicht den ganzen Arbeitstag in allen Details schildern, sondern nur ein bisschen davon berichten, nämlich dann, wenn einem die Leute wirklich interessante Dinge gesagt haben. Man nennt das den Respekt vor dem Berufsgeheimnis oder vielmehr, wie der Vater von Petit Hector meinte, den Respekt vor dem Verrat des Berufsgeheimnisses.

Petit Hector war stolz auf seinen Papa, zunächst einmal, weil der ein Doktor war, und er wusste schon, wie schwierig es war, Doktor zu werden, und dann auch, weil sein Vater immer so ruhig blieb, als ob er der stärkste Mann der Welt wäre und sich niemals über etwas aufzuregen brauchte.

Die Maman von Petit Hector hieß Clara, und Petit Hector fand, dass er auch die beste Maman der Welt abbekommen hatte. Oft, wenn Papa noch nicht von der Arbeit zurück war, saß er mit Maman, die früher aus dem Büro heimkam, zu zweit in der Wohnung, und dann führten sie große Gespräche. Petit Hector erzählte ihr, was er in der Schule erlebt hatte, und seine Maman hörte ihm immer zu, selbst wenn sie gerade etwas aufräumte oder kochte, und wenn er ihr erzählte, dass er zu einem Klassenkameraden, über den die anderen spotteten, freundlich gewesen war oder dass er dem Lehrer die richtige Antwort gegeben hatte, sagte sie oft: »Bravo, Petit Hector!« und gab ihm ein Küsschen. Aber oft gab sie ihm auch ohne jeden Grund ein Küsschen und sagte: »Mein kleiner Hector«, und dann fühlte sich Petit Hector sehr glücklich.

Seine Maman hörte ihm viel mehr zu als sein Papa, und das war komisch, denn die Arbeit seines Papas bestand nämlich gerade darin, den Leuten zuzuhören, während Maman, soweit Petit Hector das verstanden hatte, vor allem schreiben musste. Manchmal sah er sie abends am Computer arbeiten; sein Papa sagte: »Komm doch rüber und sieh mit uns fern!«, und seine Maman sagte: »Nein, ich muss die Präsentation bis morgen fertig haben«, und Petit Hector hatte begriffen, dass diese Präsentationen ungefähr so waren, als wenn man in der Schule an die Tafel musste, und dass seine Maman Chefs hatte, die ihr eine gute oder eine schlechte Note geben konnten.

Maman arbeitete viel, aber sie kochte auch gern, und zwar immer köstliche Gerichte wie zum Beispiel Brathähnchen mit Pommes, Schinken mit Kartoffelpüree, Tomatensalat mit Thunfisch und auch jede Menge dampfgegartes Gemüse mit etwas Olivenöl. Sie wollte immer, dass Petit Hector und sein Papa viel Gemüse aßen, aber die beiden wollten das weniger, also machte sie auch Quiches mit Gemüse, denn die mochten sie lieber.

Aus den vorangegangenen Sätzen haben Sie sicher erraten, dass Petit Hector schon als Junge Glück in seinem Leben hatte – mehr Glück als die meisten Kinder der Welt: Er lebte mit seinen beiden Eltern zusammen, sein Vater hatte einen guten Beruf, bei dem er nicht riskierte, arbeitslos zu werden, seine Mutter verstand zu kochen – und auch beruflich stand sie gut da. Die Familie setzte sich jeden Abend gemeinsam zu Tisch, und von Zeit zu Zeit spielten Petit Hector und sein Vater Fußball.

Aber wie Sie bestimmt wissen, ist Glück eine Frage des Vergleichs, und obwohl Petit Hector es gut getroffen hatte, war er nicht immer glücklich, denn so einfach ist das Leben nicht.

Und sein Vater sagte immer, dass man dieses Leben mit dem ganz großen L lernen müsse, und oft fügte er noch hinzu: »Besser, man fängt früh damit an, denn man weiß nie, wie viel Zeit einem bleibt.« So war sein Papa eben.

Jedes Mal, wenn Papa das sagte, meinte Maman: »Dieser Art von Kommentar könntest du dich wirklich enthalten!« Petit Hector verstand nicht so richtig, was sie damit sagen wollte, aber er mochte den Satz sehr, und eines Tages, als der Lehrer zu ihm gesagt hatte: »Hector, ich habe dir eine schlechte Note gegeben, denn man merkt, dass du dich überhaupt nicht vorbereitet hast!«, hatte Petit Hector vor der ganzen Klasse entgegnet: »Dieser Art von Kommentar könnten Sie sich wirklich enthalten!« Seine Eltern waren in die Schule bestellt worden und hatten mit dem Klassenlehrer, der Schulpsychologin und der Sozialarbeiterin sprechen müssen.

Petit Hector aber hatte eine erste Lektion des Lebens gelernt: *Wenn man etwas sagt, darf man nicht vergessen, zu wem man spricht.*

Er hatte bemerkt, dass sein Papa seine Gedanken oft in ein kleines Notizheft schrieb, das er immer bei sich trug, und so sagte er sich, dass er alle seine Lebensweisheiten auch in so ein kleines Heft schreiben wollte, und eines Tages würde er das Heft seinem Papa und seiner Maman zeigen, und sie würden richtig stolz auf ihn sein.

Nun ja, und wir erzählen Ihnen jetzt, wie Petit Hector nach und nach die Lektionen des Lebens erlernte.

Petit Hector und sein Papa

Petit Hector war gern mit seinem Papa und seiner Maman zusammen und noch lieber mit Maman oder Papa alleine, weil er fand, dass er dann am besten mit ihnen sprechen konnte.

Sonntags machte sein Vater oft Spaziergänge durch ein Wäldchen, das nicht weit von ihrem Wohnviertel lag, und natürlich nahm er seinen Sohn mit. Es war ein schöner Wald, und Petit Hector hoffte immer, dass sie eines Tages einem Kobold oder einer Fee begegnen würden wie in den Märchen, aber eigentlich wusste er auch schon, dass es unmöglich war. Hin und wieder hatten er und sein Papa allerdings Hirschkühe gesehen, die einen Moment lang innegehalten hatten, um sie mit großen erstaunten Augen anzugucken, und gleich darauf verschwunden waren.

Diesmal war es ein Herbsttag, und natürlich ist ein Wald im Herbst noch schöner als sonst; es wehte ein leichter Wind, der das Laub umherflattern ließ, und Vater und Sohn schritten ruhig voran.

Petit Hector aber hatte Sorgen. Er stellte in seinem Kopf eine Liste aller seiner Sorgen auf, das war so eine Angewohnheit von ihm, und er war zufrieden, wenn er mal nur eine einzige Sorge hatte oder sogar überhaupt keine, was immerhin recht oft vorkam. An diesem Tag aber hatte er eine Menge Sorgen.

Beispielsweise hatte er einem Freund ein Computerspiel ausgeliehen, und der sagte, er habe es verlegt, werde es aber bestimmt eines Tages wiederfinden; für Petit Hector war das ärgerlich, weil er sich dieses Computerspiel selbst nur ausgeliehen hatte, und zwar von Arthur, einem weiteren Freund, und Arthur war wirklich sehr nett und der Letzte, dem Petit Hector gern Kummer gemacht hätte.

Dann hatte er für seine letzte Geografiearbeit nicht richtig gelernt, und jetzt war ihm bange, dass der Lehrer ihm eine sehr schlechte Note geben würde – oje, wäre das eine Schande, vor allem, wenn seine Maman sich das Notenheft anschauen würde!

Und dann war er mit Maman Schuhe kaufen gegangen, und im Laden hatte er ihr und der Verkäuferin gesagt, dass ihm ein bestimmtes Paar gut passen würde, denn er wollte diese sehr schönen und sehr teuren Schuhe, mit denen er wie ein Champion aussah, unbedingt haben, und außerdem hatte die Verkäuferin gesagt, dass in einer Nummer größer sowieso kein Paar mehr übrig sei. Aber wenn er jetzt so den Waldweg entlangspazierte, merkte er ganz deutlich, dass ihm diese wunderschönen Schuhe zu klein waren.

Die letzte Sorge trug er schon einige Zeit mit sich herum: Er hatte ein Mädchen aus der Schule sehr gern, Amandine, aber bis heute hatte er sich nie getraut, sie anzusprechen, und er sagte sich, dass er wie ein Idiot dastehen würde, wenn sie mitbekäme, dass er sie mochte.

»Alles in Ordnung, Petit Hector?«

Sein Papa war stehen geblieben und schaute ihn an.

»Jaja, alles in Ordnung.«

»Tatsächlich? Du sagst schon eine ganze Weile nichts, und ich finde, dass du wie jemand aussiehst, der sich Sorgen macht.«

Petit Hector wusste, dass die Arbeit seines Vaters darin bestand, den Leuten zu helfen, sich weniger Sorgen zu machen, also war es ganz normal, dass er gleich sah, wenn man welche hatte.

»Ja«, sagte Petit Hector, »ein bisschen.«

»Erzähl mir doch mal, welche Art von Sorgen das sind.«

Petit Hector zögerte – was konnte er seinem Papa erzählen? Er begann mit der am wenigsten heiklen Sorge, und dann berichtete er von der Geografiearbeit … und schließlich sprudelte alles auf einmal aus ihm heraus, das mit Arthurs Computerspiel, die zu kleinen Schuhe, Amandine … und am Ende war ihm nach Weinen zumute.

»Na schön«, sagte sein Papa, »es ist gut, dass wir darüber reden.«

»Mir reicht das langsam mit den Sorgen«, sagte Petit Hector, »am liebsten würde ich nie wieder welche haben!«

»Ach, weißt du, alle Leute haben Sorgen. Das ist ganz normal.«

»Nein«, sagte Petit Hector, »wenn man erwachsen ist, hat man keine mehr.«

Schließlich konnte er jeden Tag sehen, dass seine Eltern keine Sorgen hatten.

Sein Papa lächelte.

»Petit Hector, die Sorgen hören niemals auf.«

»Auch nicht, wenn man erwachsen ist?«

»Selbst dann nicht.«

»Aber was für Sorgen hat man dann noch?«

Sein Papa schien ein wenig nachdenken zu müssen, und am Ende antwortete er: »Die gleichen.«

»Die gleichen?«

»Ja.«

»Aber das kann nicht sein – wenn man erwachsen ist, kann man machen, was man will, und sagen, was man will!«

»Vielleicht sind es nicht genau die gleichen Sorgen«, sagte sein Papa, »aber doch … im Grunde schon.«

»Welche denn zum Beispiel?«

»Man macht sich Sorgen, weil man nicht weiß, was man tun soll … Man traut sich nicht, etwas auszusprechen … Man hat Angst, nicht stark genug zu sein … Oder man fragt sich, ob man nicht jemandem Kummer bereitet hat … Du wirst sehen, so geht es das ganze Leben.«

»Aber das ist ja traurig!«

»Ach nein, so ist das Leben halt. Wichtig ist nur zu wissen, wie man den Sorgen ein Ende bereitet. Weil ständig neue auftauchen.«

»Manchmal habe ich überhaupt keine Sorgen, aber im Moment schon …«

»Das ist auch gut so, denn auf diese Weise wirst du lernen, mit ihnen fertig zu werden, und das wird dir für dein ganzes Leben nützlich sein.«

»Also ist es gut, wenn man Sorgen hat?«

Sein Papa lächelte.

»Ja, aber wenn es zu viele sind, musst du mit mir darüber sprechen. Oder mit Maman.«

Und Petit Hector fragte sich, ob er nicht seinen Papa bitten konnte, Maman das mit den Schuhen zu sagen, denn er selbst traute sich nicht.

Am Abend fühlte sich Petit Hector besser. Sein Papa hatte recht, es tat gut, wenn man über seine Sorgen sprach.

Und vor allem hatte er nun etwas Wichtiges, das er auf die erste Seite seines Notizbüchleins schreiben konnte. Zuerst notierte er seinen Namen, dann den Tag, den Monat und das Jahr, und dann schrieb er ganz konzentriert in seiner schönsten Schrift:

Sorgen sind gut dafür, dass man mit ihnen lernen kann, sich das ganze Leben lang richtig Sorgen zu machen.

Petit Hector und das Schummeln

Außer seinem Leben mit den Eltern hatte Petit Hector noch mindestens drei andere Leben – zwei davon in der Schule, nämlich das Leben mit den Lehrern und das Leben mit den Freunden, und schließlich das Ferienleben, in dem er andere Kinder und Väter und Mütter kennenlernte, und oft brachte ihn das zum Nachdenken über die Frage, ob er die BestenElternderWelt hatte oder ob es noch bessere gab. (Im Großen und Ganzen fand er schon, dass er die besten abbekommen hatte, außer dass sie ihn oft nicht fernsehen ließen, und hinterher redeten seine Schulkameraden über Filme oder Sendungen, die er nicht gesehen hatte, und das ärgerte ihn mächtig.)

In der Schule hatte Petit Hector einen guten Freund, und mit ihm war es ein bisschen wie mit seinen Eltern – Petit Hector spürte, dass Guillaume und er sich für immer gern haben würden. Es machte ihnen großen Spaß, einander Geschichten zu erzählen, und sie wetteiferten darin, wer die außergewöhnlichste erfand. Im Allgemeinen waren das Geschichten über einen Schatz oder über Drachen oder Dinosaurier oder auch über einen Krieg, in dem sie gemeinsam kämpften und alle Feinde töteten oder manchmal auch gefangen nahmen, um sie hinterher in Ruhe töten zu können.

Eines Tages hatte er eine solche Geschichte in ein Heft geschrieben, und sein Vater hatte sie gelesen. Er hatte den kleinen Hector angeschaut und zu ihm gesagt: »Du bist ein richtiger kleiner Junge.« Petit Hector hatte nicht verstanden, was das bedeuten sollte. Aber sein Vater hatte hinzugefügt: »Im Krieg darf man Gefangene niemals töten.«

»Warum denn nicht?«

»Weil sie sich nicht verteidigen können.«

»Ach so?«

»Vergiss das nicht.«

»Ja«, sagte Petit Hector.

»Allerdings hoffe ich, dass du auch nie Gelegenheit dazu haben wirst …«, fügte sein Vater mit einem Seufzer hinzu.

Petit Hector hatte schon gemerkt, dass es ihm Spaß machte, Krieg zu spielen oder die Videokriegsspiele von den großen Brüdern seiner Freunde auszuprobieren; seine Eltern hingegen mochten den Krieg nicht so besonders.

Guillaume war gut in Sport, besonders beim Fußball, aber im Klassenzimmer langweilte er sich, und dann hörte er nicht zu. Petit Hector hörte auch nicht viel besser zu, aber wenn der Lehrer rief: »Hector, was habe ich gerade gesagt?«, gelang es ihm immer, sich daran zu erinnern und es zu wiederholen – eine sehr nützliche Gabe, die er von seinem Vater mitbekommen haben musste, denn der machte es bei den Leuten, denen er half, genauso. Und vor allem konnte Petit Hector seine Eltern fragen, wenn er im Unterricht etwas nicht verstanden hatte. Seine Eltern hatten viele Jahre die Schule besucht, und selbst wenn sie sich nicht an alles erinnerten, schafften sie es doch immer, ihm zu helfen. Guillaumes Eltern waren offenbar nicht so lange in die Schule gegangen, oder vielleicht hatten sie dort einfach nicht zugehört. Der Papa von Guillaume war Koch in einem kleinen Restaurant, in das die Leute zum Mittagessen gingen, das abends jedoch geschlossen hatte, und seine Maman ging sauber machen in Häusern, wo die Mamans nicht selbst sauber machten, weil sie im Büro waren.

Petit Hector und Guillaume saßen im Klassenzimmer nebeneinander. Und wenn sie im Unterricht Aufgaben lösen sollten, war es häufig so, dass Petit Hector es hinbekam, Guillaume aber nicht.

Also richtete es der kleine Hector so ein, dass sein Heft

gut sichtbar dalag, und Guillaume guckte von der Seite darauf und konnte die Lösungen abschreiben. Und manchmal, wenn er es nicht kapierte, flüsterte Petit Hector ihm die Antwort zu.

Eines Tages machten sie es gerade wieder so, als Petit Hector plötzlich den Lehrer nicht mehr sehen konnte. Und schon im selben Moment spürte er, wie sich die Hand des Lehrers auf seine Schulter legte, und das gleiche spürte Guillaume auf seiner Schulter. »Erwischt!«, sagte der Lehrer.

Was dann passierte, müssen wir Ihnen nicht groß erzählen, es ist doch sowieso immer dasselbe, der Lehrer hielt ihnen eine Standpauke, und dann vermerkte er im Elternheft, was vorgefallen war, und am Abend stand Petit Hector vor seiner Maman, die eine Erklärung von ihm verlangte.

»Er ist mein bester Freund«, sagte Petit Hector, »ich wollte ihm bloß helfen.«

»Ja, aber du hast ihm geholfen zu schummeln.«

»Nein, es war, damit er eine gute Note bekommt.«

»Petit Hector, man darf im Leben niemals betrügen.«

»Auch nicht, um einem Freund zu helfen?«

»Nein. Und außerdem hilft ihm das nicht. Er hätte doch nur fleißiger zu lernen brauchen.«

»Aber wieso darf man nicht schummeln?«

Seine Maman dachte ein wenig nach.

»Weil es nicht gerecht ist. Wenn man schummelt, bekommen Schüler gute Noten, die es gar nicht verdient haben. Und das ist traurig für die anderen, die wirklich gelernt haben, aber nicht so gute Noten bekommen.«

»Ja, aber bei den anderen ist mir das egal – die sind nicht meine Freunde.«

Seine Maman überlegte noch einen Moment.

»Du gehst zum Bäcker, und vor dem Laden gibt es eine Warteschlange. Du wartest, bis du an der Reihe bist, du willst dir eine Apfeltasche kaufen, und dein Magen knurrt schon ...«

Es war ein gutes Beispiel, denn Petit Hector aß Apfeltaschen für sein Leben gern. Am liebsten drückte er sich zuerst die ganze Füllung in den Mund und aß dann die Teigkruste.

»... und dann tut jemand so, als würde er dich nicht sehen, und drängelt sich vor. Was machst du da?«

»Da wäre ich total wütend! Wenn ich groß wäre, würde ich ihn flachlegen!«

»Siehst du! Na ja, und wenn jemand schummelt, ist das genauso – es tut den anderen weh.«

»Aber heute wusste doch niemand, dass ich Guillaume geholfen habe. Es konnte überhaupt niemandem wehtun.«

Seine Maman schaute ihn mit seltsamer Miene an.

»Ich frage mich ...«, sagte sie.

»Was denn?«

»Ach nein, nichts.«

Sie dachte ein wenig nach und sagte dann: »Gefällt dir unser neues Auto?«

»Na klar!«

Seine Eltern hatten ein Auto gekauft, das noch ganz neu roch und hinten mehr Platz hatte als das vorige, und auf dem Armaturenbrett war sogar ein kleiner Bildschirm, auf dem man immer sehen konnte, wo man hinfuhr!

»Nun ja, dieses Auto ist so gut, weil man die besten Schüler genommen hat, um es zu bauen. Hätte man die genommen, die ihre guten Noten durch Schummelei bekommen haben, wäre das Auto nicht so gut geworden – es würde kaputtgehen.«

Das machte Petit Hector nachdenklich.

»Aber heute war es doch bloß, damit Guillaume eine gute Note kriegt; wir haben doch keine Autos gebaut.«

»Ja, aber es ist der Anfang von etwas Bösem. Wenn im täglichen Leben jedermann anfangen würde, zu lügen und zu betrügen, würde bald gar nichts mehr funktionieren. Verstehst du das?«

»Ja.«

»Wenn man erst mal anfängt und sich sagt: *Das ist doch ein besonderer Fall, da darf ich mal lügen*, dann ist das schon der Beginn von etwas Schlimmem. Begreifst du das, Petit Hector?«

»Ja.«

»Und hat man das einmal gemacht, sagt man sich hinterher: *Warum nicht ein zweites Mal?*, und schließlich macht man es immer so. Und wenn alle so wären, würde überhaupt nichts mehr laufen, verstehst du?«

»Ja.«

Und das stimmte auch. Er begriff, dass für seine Maman ein kleiner Krümel vom Bösen schon das Böse war, und deshalb sollte man lieber erst gar nicht anfangen damit und es sich auch nicht zur Gewohnheit machen.

Später, vor dem Einschlafen, kam sein Papa zu ihm ins Zimmer.

»Maman hat es mir schon erzählt«, sagte er.

»Sie hat mir gesagt, dass man niemals schummeln darf.«

»Ähm«, sagte sein Papa, »da hat sie sicher recht.«

Petit Hector spürte, dass sein Vater nicht ganz einverstanden war.

»Auch nicht, wenn man einem Freund helfen will?«, fragte er.

»Selbst dann nicht. Es ist ungerecht den anderen gegenüber. Und außerdem nimmt man schlechte Gewohnheiten an.«

»Na gut«, sagte Petit Hector.

Und dann ging sein Vater aus dem Zimmer, und als er gerade dabei war, die Tür hinter sich zu schließen, sagte er noch: »Und wenn man trotzdem schummelt, um einem Freund zu helfen, dann ist es wichtig, dass man sich nicht erwischen lässt.«

Als sein Vater fort war, knipste Petit Hector die Lampe an und öffnete sein Heftchen. Er schrieb:

Man darf im Leben niemals schummeln.

Man darf im Leben niemals schummeln, um einem Freund zu helfen, oder wenn doch, darf man sich nicht dabei erwischen lassen, denn sonst tut das den Leuten weh.

Man darf nicht schummeln, wenn man ein Auto herstellt, denn sonst geht es kaputt.

Dann schlief er sehr zufrieden ein. Er spürte, dass er dabei war, die Lektionen des Lebens zu verstehen.

Petit Hector und die gute Seite der Dinge

Am nächsten Samstag nahm Maman Petit Hector mit in den Zoo. Er konnte es kaum erwarten.

Im Fernsehen hatte er schon ziemlich viele Tierfilme gesehen, vor allem über Afrika, wo es Krokodile gab, die darauf warteten, dass ein Gnu ans Wasser kam, weil sie es dann fressen konnten, oder Antilopen, die ständig aufpassen mussten, dass sie nicht von einer Löwin gepackt wurden, oder Büffel, die darauf achteten, dass ihre Jungen nicht von allen möglichen Tieren gefressen wurden – das Leben in Afrika schien echt schrecklich zu sein –, und jetzt wollte er sehen, ob es wirklich dieselben Tiere waren, obwohl er ja wusste, dass sie sich in einem Zoo nicht auffressen konnten.

Das Wetter war schön, der Tag fing gut an, und Petit Hector war sehr zufrieden, mit seiner Maman zusammen zu sein.

Aber eigentlich begann der Tag doch nicht so gut, denn plötzlich fing es an zu regnen, und seine Maman schaltete die Scheibenwischer auf Turbobetrieb. Normalerweise beobachtete Petit Hector das gern, aber doch nicht heute!

»Wir bleiben noch ein wenig im Auto und warten ab, bis es aufhört«, sagte Maman.

»Aber dann macht der Zoo bald zu, und wir können nicht mehr alle Tiere sehen!«

Zu alledem waren sie recht spät angekommen, weil seine Mutter unterwegs noch bei der Buchhandlung gehalten hatte, um ein paar bestellte Bücher abzuholen.

»Aber nein«, sagte Maman, »wir werden immer noch genug Zeit haben. Und wenn nicht, kommen wir eben noch mal wieder.«

»Wir können doch den Regenschirm nehmen.«

Aber so ein Pech, der Regenschirm war zu Hause geblieben.

»Das ist Papas Schuld«, sagte Petit Hector ziemlich genervt, »er hat vergessen, ihn wieder ins Auto zu legen!«

»Ja, aber das ist doch nicht schlimm.«

»Ich glaube, es regnet schon weniger, wir könnten doch jetzt aussteigen!«

»Es gießt noch wie aus Kannen.«

»Der Zoo macht bald zu!«

»Aber nein, noch lange nicht, schauen wir mal.«

»Ich hasse Regen«, sagte Petit Hector, »mir reicht es jetzt wirklich!« Und er hätte am liebsten losgeweint.

Seine Maman schaute ihn an.

»Petit Hector, bist du nicht froh, mit deiner Maman zusammen zu sein?«

Petit Hector erinnerte sich, dass er eigentlich immer froh war, bei seiner Maman zu sein; gerade vorhin, als sie losgefahren waren, hatte es ihn noch richtig gefreut.

»Natürlich, Maman, aber der Zoo …«

»Ja, ich weiß, aber schau doch mal – weil es regnet, können wir hier ruhig und gemütlich im Auto sitzen, nur wir zwei, und können miteinander reden … Ist das nicht trotzdem ein schöner Augenblick?«

Petit Hector begriff, was sie sagen wollte: Wenn man nicht gerade an den Zoo dachte, war es ein schöner Moment.

»Ja, das ist wahr.«

»Siehst du«, sagte Maman, »das ist sehr wichtig im Leben. Man muss versuchen, an allen Dingen die gute Seite zu entdecken. So wie jetzt gerade. Wirst du immer daran denken?«

»Ja.«

»Übrigens ist das auch der Beruf von deinem Papa.«

»An allem die gute Seite zu finden?«

»Nein, aber den Leuten zu helfen, die gute Seite zu entdecken. Es gibt Menschen, die damit große Mühe haben, sie schaffen es einfach nicht.«

Petit Hector sagte sich, dass der Beruf seines Vaters bestimmt nicht einfach war, und vielleicht sah er deshalb am Abend oft müde aus.

»Und dir hat Papa auch beigebracht, die gute Seite an den Dingen zu sehen?«

Seine Maman lachte kurz auf und sagte dann: »Nein, ich konnte es schon vorher. Weißt du, man lernt das sein ganzes Leben lang.«

»Wie ich – ich lerne es jetzt gerade.«

»Genau so ist es, Petit Hector.«

Nach einer Weile hörte der Regen glücklicherweise auf, denn Petit Hector wusste nicht, wie lange er noch stark genug gewesen wäre, die gute Seite des schlechten Wetters zu sehen, und er und seine Maman stiegen beide aus.

Sie begannen sich den Zoo anzuschauen, und weil es so viel geregnet hatte, waren die Besucher nach Hause gegangen; es war jetzt beinahe leer, und man konnte richtig nahe rangehen und die Tiere gut sehen.

»Na bitte«, sagte seine Maman mit einem Lächeln, »auch der Regen hat seine guten Seiten gehabt.«

Petit Hector verstand, was sie damit sagen wollte, aber dann erblickte er jemanden, dem es schwerfallen musste, an allem die gute Seite zu sehen, nämlich den Löwen, der in einem kleinen Käfig steckte und sich das Fell an den Gitterstäben rieb.

»Ja«, sagte die Maman, »aber wenigstens bekommt er jeden Tag sein Futter, und außerdem braucht er keine Angst zu haben, gejagt oder von einem anderen Löwen getötet zu werden.«

»Also wenn ich könnte, ich würde ihn nach Afrika zurückbringen.«

»Glaubst du, dass er noch ganz allein jagen könnte?«

Wenn man genau hinguckte, sah dieser Löwe tatsächlich schon alt und nicht besonders fit aus. Na schön, vielleicht stimmte es auch für ihn mit der guten Seite an allen Dingen.

»Glaubst du, der Löwe kann die gute Seite erkennen?«

»Ach, bestimmt nicht. Und dieser hier wurde vielleicht schon in einem Zoo geboren, also hat er keine Erinnerungen an das Leben in Afrika.«

Sie hatten genug Zeit, um fast alle Tiere zu sehen – nur nicht die Vögel in den Volieren, aber die Vögel interessierten Petit Hector ohnehin nicht so brennend, und auch die Lemuren besuchten sie nicht, denn die kalte Jahreszeit fing gerade an, und die Lemuren waren von draußen nach drinnen umgezogen, und in ihrem Haus roch es einfach zu schrecklich.

Aber sie hatten die Elefanten gesehen, die Krokodile, das Nashorn und viele verschiedene Antilopen, und alle sahen genau wie im Fernsehen aus, außer dass sie sich im Zoo nicht gerade viel bewegten. Die Krokodile hätte man sogar für tot oder ausgestopft halten können, denn sie lagen regungslos mit aufgesperrten Mäulern da. Man sah nicht einmal, dass sie atmeten.

»Sind das echte?«, fragte Petit Hector.

»Ja«, sagte seine Maman. »aber sie rühren sich wirklich kein bisschen. Ich habe mich auch gerade gefragt, ob sie wirklich lebendig sind.«

Gerade in diesem Moment kam ein Tierpfleger mit einem Eimer. Er warf den Krokodilen große Brocken von ganz rotem Fleisch hin, und schnapp, sie fingen das Fleisch mit ihren Schnauzen auf, noch ehe es den Boden berührt hatte. Sie hatten sich so schnell bewegt, dass selbst Petit Hectors Maman zusammengeschreckt war.

»Ja, ja, genauso machen sie es im Dschungel«, erklärte Petit Hector. »Erst liegen sie ganz still, man sieht sie überhaupt nicht, und wenn man vorbeigeht – schnapp!«

»Na gut«, sagte seine Maman, »wir sollten uns jetzt noch was anderes anschauen.«

Petit Hector spürte, dass sie die Krokodile nicht besonders mochte.

»Weißt du, die sehen bestimmt die gute Seite – sie machen überhaupt nichts, und klack!, da kommt das Abendessen.«

»Ich weiß nicht, ob Krokodile genug Hirn haben, um an so etwas zu denken«, sagte seine Maman.

Als sie zum Auto zurückkamen, war Petit Hector sehr zufrieden und seine Maman auch.

Weniger zufrieden war sie, als sie merkte, dass Petit Hector während der Wartezeit im Auto die Fensterscheibe heruntergelassen hatte, um besser sehen zu können, ob der Regen bald aufhörte, und dass er dann vergessen hatte, sie wieder zuzumachen. Und so hatte es ins Auto geregnet, und die Hintersitze waren schön nass geworden und die Bücher, die seine Maman gekauft hatte, ebenso. Sie waren neu gewesen, aber jetzt hatten sie sich ganz gewellt, genau wie alte Zauberbücher in einem Film.

»Petit Hector!«, sagte Maman.

Sie schien ziemlich zornig zu sein, und auf der ganzen Rückfahrt sprach sie nicht mehr viel. Petit Hector war verlegen, er mochte es nicht, wenn seine Mutter wütend war oder Kummer hatte.

»Maman, ich habe es doch nicht mit Absicht getan!«

»Das weiß ich, aber trotzdem hast du nicht aufgepasst!«

»Ich werde es bestimmt nicht wieder tun.«

»Na, hoffen wir mal.«

Eine Weile lang schwiegen sie, und dann sagte Petit Hector: »Die gute Seite der Dinge ist, dass wir trotzdem einen schönen Nachmittag hatten.«

Maman musste darüber ein bisschen lachen, und dann sagte sie, dass er recht habe, aber dass die gute Seite der Dinge uns nicht davon abhalten dürfe, aufmerksam zu sein.

Am Abend in seinem Zimmer schrieb Petit Hector:

Man muss im Leben immer die gute Seite der Dinge sehen.

Aber man muss auch aufpassen, denn sonst geht eine Seite leicht verloren.

Ein Löwe kann die gute Seite der Dinge nicht sehen, denn er hat die andere vergessen.

Ein Krokodil kapiert nicht mal, dass es verschiedene Seiten gibt.

Petit Hector und seine besten Freunde

In der Schule hatte Petit Hector einen besten Freund, nämlich Guillaume, das hatten wir ja schon gesagt, aber es gab noch andere Jungen, die auch sehr gute Freunde von ihm waren.

Zunächst mal Arthur, der ein noch besserer Schüler als Petit Hector war. Arthur redete nicht viel, er war ein bisschen schüchtern, aber auch er lachte gern und liebte es, sich mit Guillaume und Petit Hector Geschichten zu erzählen. Wie der Papa von Petit Hector half auch Arthurs Papa den Leuten, wenn auch anders, denn er brachte ihnen bei, bestimmte Zettel, die Steuern hießen, richtig auszufüllen. Und übrigens war auch Arthur sehr gut in Rechnen. Er hatte eine hübsche Mutter, die ihn manchmal abholen kam, und selbst wenn Petit Hector fand, dass er die allerhübscheste Maman der Welt abbekommen hatte, war die von Arthur doch auch sehr hübsch. Arthurs Vater dagegen war nicht so schön, er war ein bisschen dick und hatte buschige Augenbrauen und sah immer ein wenig zornig aus, und überhaupt lächelte und sprach er nicht viel, während Arthurs Mutter gern lächelte und mit den Leuten sprach, und oft unterhielt sie sich ein wenig mit der Maman von Petit Hector, wenn sie ihre Söhne von der Schule abholten.

Eines Freitags wartete Petit Hectors Papa am Schultor auf seinen Sohn, und Petit Hector hatte gesehen, wie er mit Arthurs Mutter sprach, und die lächelte seinen Papa ganz oft an, und er – das war wirklich seltsam –, er sah ein bisschen verlegen aus, aber auch sehr zufrieden.

Ein anderer bester Freund von Petit Hector trug den Namen Binh. Er hieß Binh, weil er Augen wie ein Chinese hatte, aber in Wahrheit war er gar keiner, sondern seine Eltern kamen aus einem kleinen Land südlich von China. Eines Tages hatte Binh ihnen etwas über die Geschichte seiner Familie erzählt. Vor langer, langer Zeit waren seine Großeltern und seine Eltern – die damals noch Kinder gewesen waren – in ihrem Heimatland ziemlich unglücklich gewesen, und so hatten sie beschlossen, es zu verlassen. Man durfte sich dabei aber nicht erwischen lassen, und so waren sie in der Nacht mit Booten aufgebrochen. Zu der Zeit hatten sich sein Vater und seine Mutter noch nicht gekannt, und sie waren auf verschiedenen Booten gewesen. Aber es war wie in einer Piratengeschichte, sie waren ohne genug Essen und Trinken für alle aufs Meer hinausgefahren, und auf hoher See waren sie dann sogar richtigen Piraten begegnet, und die hatten ihnen alles gestohlen, was sie besaßen, und sogar die beiden großen Schwestern von Binhs Vater mitgenommen, von denen man nie wieder etwas gesehen hatte.

Diesen Teil der Geschichte fand Petit Hector besonders furchteinflößend. Er stellte sich vor, wie er eines Tages von Piraten entführt würde und seinen Papa und seine Maman niemals wiedersähe und dass sie nie erfahren würden, was aus ihm geworden war. Aber Binh sah nicht gerade entsetzt aus, wenn er diese Geschichte erzählte, im Gegenteil, er wirkte sehr ruhig, aber so war Binh eben, die Ruhe verließ ihn nie, außer wenn es eine Keilerei gab, denn wenn er sich prügelte, fing er bald an, richtig schlimm zuzuschlagen und hörte nicht einmal auf, wenn die anderen »Schluss!« riefen, und selbst wenn er nicht besonders groß war, vermieden es die anderen, sich mit ihm zu streiten. Von der Schule holten ihn die Großeltern ab, denn die Eltern waren, wie Binh erklärte, auf Reisen in ihrem Heimatland, von wo sie erst irgendwann viel später zurückkommen würden. Petit Hector fand es trotzdem merkwürdig, dass er Binhs Eltern nie zu Gesicht bekommen hatte.

Der vierte beste Freund hieß Orhan, und auch seine Eltern kamen aus einem anderen Land. Orhan hatte dicke Augenbrauen, ein bisschen so wie Arthurs Vater, aber in Rechnen war er nicht so gut wie dieser, in Rechtschreibung und Naturwissenschaften hatte er allerdings sehr gute Noten. Sein Vater arbeitete auf dem Bau und seine Mutter in einem Kindergarten. Der Vater von Orhan besaß ein ganz großes Auto, das ein bisschen verbeult war und riesige Räder wie ein Lkw hatte. Orhan erklärte, dass sein Vater es auch nahm, um sein Werkzeug zu transportieren, und es konnte sogar dort fahren, wo keine Straßen waren, und Petit Hector träumte davon, dass sein Papa eines Tages auch so ein Auto kaufte, aber natürlich ein ganz neues und weniger verbeultes.

Einmal saß Petit Hector mit seinen Eltern beim Abendessen.

»Hattest du einen guten Tag?«, fragte ihn seine Maman.

»Ja, nicht schlecht.«

»Was hat dir am meisten gefallen?«

Petit Hector spürte, dass seine Maman vielleicht hoffte, er würde antworten: »Der Film, den uns der Lehrer gezeigt hat« oder: »Der Sportunterricht«, aber trotzdem sagte er: »Meine Freunde und ich, wir haben uns heute ganz viele Geschichten erzählt.«

»Bravo, Petit Hector!«, sagte sein Papa. »Dass man mit seinen Freunden spricht, ist das Wichtigste an der Schule.«

»Wirklich?«, meinte seine Mutter. »Und die guten Noten?«

»Ja, natürlich. Aber die Freunde auch ...«

Und er erklärte, dass er in seiner Sprechstunde jeden Tag Menschen sah, die keine Freunde oder Freundinnen hatten oder nicht ausreichend viele oder jedenfalls keine richtigen, mit denen man wirklich reden konnte, wenn man Kummer hatte.

»Freunde sind im Leben sehr wichtig«, sagte sein Papa. »Wenn jemand keine Freunde hat, hat er auch niemanden, mit dem er reden kann, wenn es Sorgen gibt, und dann verzweifelt er oder gerät ganz von allein in Zorn. Verstehst du?«

»Ja.«

»Und dann macht es uns auch glücklich, wenn wir spüren, dass wir Freunde haben, die uns sehr mögen.«

Das stimmte, denn wenn Petit Hector sah, dass seine Freunde auf ihn warteten, um mit dem Spielen zu beginnen, fühlte er sich tatsächlich glücklich.

»Also freue ich mich sehr, dass du deine guten Freunde hast«, sagte sein Papa.

»Und ich auch«, sagte Maman.

»Also ist es besser, gute Freunde zu haben, als gute Noten zu bekommen?«

Seine Eltern schauten einander an.

»Ähm, nein, beides ist gleich wichtig«, sagte sein Papa. »Gute Noten muss man auch haben.«

»Wirst du dir das merken?«, fragte seine Maman.

»Ja«, sagte Petit Hector.

Petit Hector war sehr froh. Oft waren seine Eltern zufrieden mit ihm, wenn er gute Noten hatte, aber dafür musste er sich auch ein bisschen anstrengen, während sie jetzt zufrieden waren, weil er Freunde hatte, und dafür brauchte er sich gar keine besondere Mühe zu geben!

Am Abend schrieb er in sein kleines Heft:

Freunde sind ebenso wichtig wie gute Zensuren.

Aber hinterher hatte er den Eindruck, mit diesem Satz vor allem seinem Vater eine Freude gemacht zu haben, und so schrieb er noch:

Gute Zensuren sind ebenso wichtig wie Freunde.

Und dann schlief er höchst zufrieden ein, denn nun hatte er das Gefühl, seinem Papa und seiner Maman eine Freude gemacht zu haben.

Petit Hector und das Verzeihen

Wie wir schon gesagt haben, war Guillaume kein so guter Schüler wie Petit Hector, aber Fußball spielen konnte er dafür um einiges besser. Und eines Tages gab dies Petit Hector Gelegenheit, das Leben mit dem ganz großen L zu lernen.

Sie spielten auf dem Pausenhof, nicht mit richtigen Mannschaften, sondern bloß mit drei oder vier Jungen auf jeder Seite, und um die Tore abzustecken, hatten sie ihre Mäntel auf den Boden gelegt. Petit Hector war auf Guillaumes Seite, und natürlich war es auch Guillaume, der alle drei Tore für diese Mannschaft schoss. Petit Hector versuchte ihm zu helfen, aber zweimal erwischte er sehr schöne Pässe von Guillaume nicht, und als er mit dem Fuß sehr hoch in der Luft nach dem Ball schlug, wie es die Champions im Fernsehen machen, flog er zu allem Überfluss auch noch hin.

Weil die gegnerische Mannschaft zwei Jungen hatte, die zwar nicht so gut wie Guillaume spielten, aber trotzdem gar nicht übel, gewann sie am Ende trotz der drei Tore von Guillaume das Spiel. Aber hinterher begann einer von den Gewinnern herumzualbern und mit dem Ball nachzumachen, wie Petit Hector seinen Fuß in die Luft geworfen und danebengeschlagen hatte. Und alle lachten darüber – sogar Guillaume. Guillaume verspottete ihn, er lachte sich über ihn krumm wie die anderen!

Petit Hector fühlte eine große Wut in sich aufsteigen, und gleichzeitig war ihm zum Heulen zumute. Danach redete er den ganzen Tag nicht mehr mit Guillaume.

Beim Abendessen fragte seine Maman: »Was ist los, Petit Hector?«

»Nichts.«

»Aber du sagst ja die ganze Zeit kein Wort.«

»Ich habe nichts zu sagen.«

»Ach, das erstaunt mich aber wirklich«, sagte sein Papa. »Gewöhnlich hast du doch immer was zu erzählen.«

Petit Hector sagte noch immer nichts, denn wenn er über Guillaume gesprochen hätte, wären ihm bestimmt gleich die Tränen gekommen.

»Du weißt, dass du uns sagen kannst, wenn du Sorgen hast«, meinte seine Maman.

»Ja.«

Sie aßen weiter, und sein Vater erzählte die Geschichte eines seiner Kollegen, der schon zum Mittagessen so viel Wein trank, dass er nachmittags oft einschlief, wenn seine Patienten mit ihm sprachen. Einige waren schon zu Petit Hectors Papa gekommen, um ihm davon zu berichten.

»Aber das ist ja schrecklich«, sagte Petit Hectors Maman.

»Ja«, sagte sein Papa.

»Wie kommt es, dass er immer noch praktizieren darf?«

»Seine Patienten mögen ihn, es hat sich noch keiner beschwert – bis jetzt jedenfalls.«

»Und ihr als seine Kollegen, warum zeigt ihr ihn nicht bei der Ärztekammer an? Immerhin ist es ein Risiko für die Patienten!«

»Hm«, sagte sein Papa, »einen Kollegen denunzieren …«

»Wenn ein Kollege etwas Schlechtes tut, dann meldet ihr ihn nicht?«, fragte Petit Hector.

»Wir werden sehen«, sagte sein Papa. »Zuerst mal werden wir ihm sagen, dass er sich behandeln lassen soll.«

»Aber wer wird ihn behandeln, wenn er selbst ein Arzt ist?«

»Ein anderer Arzt«, sagte sein Papa.

»Vielleicht ja du«, meinte seine Maman.

»Mal sehen. Ich werde erst einmal mit den anderen drüber reden.«

Petit Hector fand das interessant. Wenn jemand in der Schule eine große Dummheit angestellt hatte, forderten der Klassenlehrer oder der Direktor oft, dass man den, der es getan hatte, melden sollte. Aber jetzt sah er, dass es im richtigen Leben anders lief: Sein Papa und die anderen Ärzte wollten ihren Kollegen, der zu viel trank, nicht anzeigen – jedenfalls nicht gleich.

Später machte sein Papa einen kleinen Rundgang durch den Garten, und Petit Hector begleitete ihn.

»Also, mein Junge, was hast du auf dem Herzen?«

Petit Hector fühlte sich jetzt besser. Die Geschichte mit dem Arzt, der zu viel trank, hatte ihn auf andere Gedanken gebracht, und er sagte sich, dass er nun selbst erzählen konnte, ohne heulen zu müssen. Und so berichtete er seinem Papa von der Geschichte mit dem Fußballspiel und mit Guillaume, der sich mit den anderen über ihn lustig gemacht hatte.

»Der ist nie wieder mein Freund«, sagte er, »nie wieder!«

»Aber nein, Petit Hector, du musst ihm verzeihen. Er hat einfach falsch reagiert.«

Und sein Papa erklärte ihm, dass alle Leute (sogar ein Vater oder eine Mutter) solche falschen Reaktionen haben konnten, wenn sie sich sehr über etwas ärgerten – und Guillaume hatte sich zwangsläufig über das verlorene Spiel ärgern müssen.

»Es gibt Augenblicke, wo man nicht die richtige Antwort erwischt, ein bisschen so, wie du den Pass nicht erwischt hast … Das kann jedem passieren, sogar einem Freund.«

»Mit dem rede ich nie wieder ein Wort«, sagte Petit Hector.

»Aber nein, damit würdest du dich doch auch selbst bestrafen. Es ist besser, wenn du ihm vergibst. Du weißt doch, was das ist?«

»Ja«, sagte Petit Hector, der schließlich in den Religionsunterricht ging. »Vergebung heißt, dass man jemandem nicht mehr böse ist, der einem Kummer gemacht hat, und dass man ihn nicht mehr bestrafen will.«

Jesus war gestorben, damit sein Vater uns unsere Sünden vergab. Allerdings begriff Petit Hector nicht so richtig, weshalb Jesus sich gefangen nehmen lassen hatte, statt Petrus zu erlauben, mit seinem Schwert noch mehr Legionärsohren abzuhauen.

»Siehst du. Wenn du ihm vergibst, werdet ihr wieder Freunde sein wie früher!«

»Nein, nicht wie früher!«

»Warum nicht?«

»Selbst wenn ich ihm verzeihe, werde ich nicht vergessen, dass er mich ausgelacht hat.«

»Einverstanden, aber trotzdem lohnt es sich nicht, dauernd daran zu denken. Und überhaupt musst du zu ihm hingehen und ihm sagen, dass er dir Kummer bereitet hat.«

»Wieso das?«

»Sonst weiß er es vielleicht gar nicht. Und wenn du es ihm sagst, kannst du auch merken, ob er ein richtiger Freund ist.«

»Und woran merke ich das?«

»Wenn es auch ihm Kummer macht, wenn er verlegen ist.«

Am nächsten Tag pochte Petit Hectors Herz sehr stark, als er Guillaume wiedersah. Trotzdem machte er es so, wie sein Vater gesagt hatte.

Guillaume schaute sehr verlegen drein.

»Ich habe gar nicht richtig gelacht«, sagte er.

Das stimmte nicht, aber Petit Hector verstand, dass Guillaume so etwas sagte, weil er verlegen war, und er freute sich darüber.

»Du spielst besser Fußball als ich«, sagte Petit Hector, »aber das ist kein Grund, auf meine Kosten Witze zu reißen.«

»Ja«, sagte Guillaume, »aber wir hatten verloren, und da …«

»Reden wir nicht mehr davon«, sagte Petit Hector. »Du bist immer noch mein bester Freund.«

»Und du meiner«, sagte Guillaume.

Abends am Tisch sprach sein Vater über den Kollegen, der zu viel trank. Er war mit einem anderen Arzt zu ihm hingegangen und hatte mit ihm geredet, und der Arzt, der zu viel trank, war einverstanden gewesen, in eine Klinik für Leute zu gehen, die mit dem Trinken aufhören wollen.

»Bravo«, sagte Petit Hectors Maman.

»Hoffen wir bloß, dass es klappt«, meinte sein Papa.

»Es klappt also nicht immer?«, wollte Petit Hector wissen.

»Nicht immer beim ersten Versuch.«

Vor dem Schlafengehen fühlte Petit Hector, dass er interessante Dinge in sein Notizbüchlein einzutragen hatte.

Jeder kann eine falsche Reaktion haben.

Dann müssen wir mit ihm reden, und wenn er verlegen aussieht, kann er trotzdem noch unser Freund sein.

Wenn es nicht beim ersten Mal klappt, muss man es noch einmal versuchen.

Petit Hector, die Mädchen und Amandine

Ansonsten hatte Petit Hector noch andere Freunde, die ein bisschen weniger seine Freunde waren, und dann gab es natürlich auch die Mädchen.

Aber die Mädchen sind ein zu kompliziertes Thema, als dass man nur in einem einzigen Kapitel von ihnen sprechen könnte.

Die Mädchen waren nicht wirklich interessant, man konnte mit ihnen nicht spielen, und wenn doch, sagten sie hinterher immer gleich, die Jungs hätten ihnen wehgetan. Sie blieben unter sich und erzählten einander Geschichten, aber nicht über Kriege, Aliens oder Dinosaurier, also nicht richtig interessante Geschichten. Und dann neigten sie dazu, loszukichern und sich ziemlich schnell über einen lustig zu machen, und wenn man sich dann trotzdem traute, zu ihnen hinzugehen und mit ihnen zu sprechen, und wenn sie sich dann nicht mehr über einen lustig machten, war die Gefahr groß, dass man von den anderen Jungen verspottet wurde. Aber Petit Hector hatte trotzdem Mädchen, mit denen er redete; oft waren es die Schwestern von Jungs, die er kannte, und da war es ganz normal, dass man mit ihnen sprach, und man musste nicht befürchten, von den anderen ausgelacht zu werden. Auf jeden Fall machte sich Petit Hector aus all dem nicht viel – mit ihnen reden und so. Eigentlich gab es nur ein einziges Mädchen, für das er sich interessierte, und das war Amandine. Aber gerade mit dieser Amandine hatte Hector überhaupt noch nie gesprochen, denn er traute sich nicht.

Amandine hatte kastanienbraune Haare und blaue Augen, und sie schaute alles um sich herum so an, als käme sie von einem anderen Planeten. Sie ging nicht in dieselbe Klasse wie Petit Hector, also hatte er keinen Grund, mit ihr zu sprechen, der nicht lächerlich war, und die Schwester von einem seiner Freunde war sie auch nicht. Im Übrigen stand Amandine immer nur mit den anderen Mädchen zusammen.

Petit Hector träumte oft davon, wie er eines Tages zu Amandine hingehen und mit ihr sprechen würde, aber Tag für Tag verstrich, ohne dass er es wagte. Also versuchte er sich einzureden, dass es sich sowieso nicht lohnte und dass Amandine gewiss bescheuert und gar nicht interessant war, aber so richtig klappte das nicht.

Seine Freunde bekamen es mit den Mädchen auch nicht viel besser hin. Außer vielleicht Arthur, der Mathe so gern mochte. Er hatte zwei oder drei Freundinnen, mit denen er Sudokus oder knifflige Aufgaben tauschte, aber im Grunde war das so ähnlich wie Mädchenspiele.

Orhan hatte versucht, mit den Mädchen zu sprechen, aber alles in allem war er nicht gut angekommen, und seitdem tat er so, als interessierte ihn das alles überhaupt nicht.

Bei Binh sah es wirklich so aus, als seien Mädchen ihm total egal, aber Petit Hector hatte bemerkt, dass er aufmerksam hinschaute, wenn ein bestimmtes Mädchen aus einer höheren Klasse vorbeiging. Sie hieß Ngoc und hatte solche Augen wie er.

Am besten kam wohl Guillaume mit den Mädchen klar. Zuerst hatte Petit Hector gedacht, es läge daran, dass Guillaume der beste Fußballer war und sich auch die Mädchen ein bisschen für Fußball interessierten, aber es war nicht nur das. Er hatte seine eigene Art, mit ihnen zu reden. Er machte sich immer ein bisschen über sie lustig, aber nie auf richtig gemeine Weise. Also hatten sie ihn gern, und Petit Hector hatte sogar bemerkt, dass einige Mädchen Guillaume so anguckten, wie er selbst Amandine anguckte.

Zum Glück guckte Guillaume nicht Amandine an, denn sonst hätte sie ihn vielleicht einem Jungen vorgezogen, der es nicht einmal wagte, mit ihr zu sprechen.

Die Geschichte mit Amandine begann Petit Hector richtig zu beschäftigen. Abends vor dem Einschlafen träumte er davon, dass Amandine von einem scheußlichen Alien verfolgt wurde, woraufhin Petit Hector die Bildfläche betrat, sich schützend vor ihr aufbaute und das Monster mit Schwerthieben tötete. Aber auch er war verletzt, er blutete, und Amandine beugte sich über ihn und nahm ihn in die Arme, und dann wusste er nicht so richtig, was passierte, und plötzlich fuhr er in seinem Bett hoch und sagte: »Hilfe!«

Oder er träumte, dass Amandine eines Tages zu weit hinausgeschwommen war und er sie vor dem Ertrinken rettete, und dann stieg er aus dem Wasser und hielt sie in seinen Armen, und sie neigte sich zu ihm hin, sodass er sie ganz, ganz aus der Nähe sah, und dann saß er plötzlich wieder in seinem Bett und sagte: »Hilfe!«

Eines Abends versuchte er seine Hausaufgaben zu machen, aber er konnte sich nicht konzentrieren. Sein Vater saß ihm gegenüber auf dem Sofa und las ein Buch, aber wie seltsam, Petit Hector hatte den Eindruck, dass auch sein Papa es nicht schaffte, an das zu denken, was er gerade las.

Schließlich blickten Vater und Sohn einander an.

»Woran denkst du?«, fragte Hector.

»An Amandine«, antwortete Petit Hector, aber im selben Augenblick sagte er sich auch schon: »Mist!«, denn über Amandine wollte er mit seinen Eltern nicht sprechen. Jetzt war es zu spät.

Sein Vater wollte mehr über Amandine wissen, und Petit Hector erzählte ihm alles – von ihren braunen Haaren, ihren blauen Augen und der Art, wie sie alles um sich herum anschaute, als käme sie von einem anderen Stern.

»Und hast du niemals mit ihr gesprochen?«, fragte sein Papa.

»Nein«, sagte Petit Hector.

Und es war ihm ein bisschen peinlich.

»Hör mal, wenn du wirklich Lust hast, mit ihr zu reden, dann tu es einfach.«

Daran hatte Petit Hector natürlich auch schon gedacht. »Ja, aber was soll ich ihr dann sagen?«

»Genau das, was du denkst. Dass du schon lange mit ihr sprechen möchtest. Dass du sie hübsch findest. Dass du mehr über sie erfahren willst. Dass du Hector heißt.«

»Oje, sie wird sich über mich lustig machen …«

»Vielleicht ja, vielleicht auch nicht.«

»Aber wenn ja?«

»Dann sagst du ihr, dass du sie nicht nett findest, und gehst weg.«

»Oje …«

Sein Papa überlegte ein bisschen.

»Wenn du in den Krieg ziehen würdest, hättest du dann Angst davor, verwundet zu werden?«

»Ja, vielleicht, aber ich würde trotzdem gehen.«

»Na siehst du. Selbst wenn sie dich auslacht, ist das immer noch besser, als wenn man sich gar nicht erst traut, sie anzusprechen.«

»Guillaume traut sich immer, die Mädchen anzusprechen.«

»Und machen sie sich über ihn lustig?«

»Sie versuchen es, aber ihm ist das schnurz.«

»Siehst du«, sagte sein Papa. »Zu den Mädchen muss man freundlich sein, und dabei muss man gleichzeitig so aussehen, als wäre es einem total egal, ob sie sich über einen lustig machen oder nicht.«

Als Petit Hector später in seinem Bett lag, dachte er sehr angestrengt über alles nach, was sein Vater ihm gesagt hatte.

Er nahm sein kleines Heft und wollte etwas aufschreiben.

Zu den Mädchen muss man freundlich sein, aber auch immer sagen, was man will.

Ja, einverstanden, aber was wollte man ihnen eigentlich sagen? In seinen Träumen sagte er zu Amandine gar nichts, er rettete sie einfach bloß, und nachdem er sie gerettet hatte und sie miteinander hätten reden können, da konnte er gar nicht mehr weiterdenken und sagte nur noch: »Hilfe!«

Bei den Mädchen muss man darauf pfeifen, wenn sie über einen lachen.

Und um schon mal zu testen, ob er darauf pfeifen konnte, versuchte er sich Amandine vorzustellen, wie sie sich gerade über ihn lustig machte, und schwupps!, schon saß er wieder im Bett und sagte: »Hilfe!«

Petit Hector, die Verdienste und die Freiheit

Wir hatten ja schon erwähnt, dass Petit Hector in so ziemlich allen Fächern gute Noten hatte, aber ganz besonders im Aufsatzschreiben und in den Naturwissenschaften, genau wie Orhan. Hectors Noten waren aber trotzdem noch besser als die von Orhan. Im Rechnen hingegen hatte Arthur fast immer die Nase vorn. Binhs Zensuren waren mittelprächtig, aber rechnen konnte er fast genauso gut wie Arthur.

Im Grunde gab es in der Klasse die Guten, die Mittelguten und dann natürlich die Schlechten.

Den Schlechten gegenüber fand der Lehrer nicht immer nur freundliche Worte, und selbst auf dem Pausenhof bemerkte Petit Hector, dass die Schlechten oft untereinander Freundschaften schlossen, außer Guillaume, der mit manchen Guten befreundet war, aber beim Fußball war er natürlich selbst ein Guter. Manche von den Mittelguten und selbst einige Gute machten sich über die Schlechten lustig. Besonders gab es da zwei Sehrschlechte – Eugène und Victor.

Eugène war ein kleiner Dicker, und allein schon, weil er so rund war, lachten sie über ihn und nannten ihn Dezitonne, und außerdem schien er im Unterricht nie hinzuhören und hatte nichts als schlechte Noten. Und dann war auch seine Mutter nicht die hübscheste Maman der Welt, alles andere als das; auch sie hätte Dezitonne heißen können. Eugène hatte allerdings das Glück, einen anderen von den Sehrschlechten zum Freund zu haben, nämlich Victor. Victor war groß und stämmig – kein Wunder, er war schon zwei Jahre älter als die meisten Schüler seiner Klasse, und daher machte sich keiner allzu sehr über Victor lustig, zumindest nie, wenn er dabei war. Victor schienen seine schlechten Noten immer schnurz zu sein, selbst wenn der Lehrer zu ihm sagte: »Victor, du steuerst geradewegs auf die Katastrophe zu!« Petit Hector sagte sich, dass Victor wirklich ein Idiot sein musste, wenn ihm das, was der Lehrer sagte, dermaßen egal war. Er wurde nicht von seinen Eltern abgeholt, sondern von seinem großen Bruder, und über den mochte sich gleich gar keiner lustig machen, denn er war wirklich sehr groß und sehr stämmig, und besonders nett schien er auch nicht zu sein. Aber trotzdem musste er nicht schlecht verdienen, denn er trug immer eine dicke Goldkette um den Hals.

Eines Tages hatte Petit Hector sehr gute Noten bekommen und kam hochzufrieden nach Hause.

Am Abend sagte er zu seiner Maman: »Ich bin der Beste, ich habe überall gute Noten gekriegt.«

»Bravo, ich freue mich über dich.«

»Im Aufsatz war ich sogar besser als Orhan, und im Rechnen hatte ich genauso viele Punkte wie Arthur.«

»Orhan, das ist doch der Junge, dessen Vater den großen Lieferwagen hat?«

»Ja.«

»Alle Achtung, bei ihm ist das wirklich ein Verdienst.«

»Und bei mir nicht?«

»Doch, bei dir auch«, sagte seine Maman, aber dabei schien sie an etwas anderes zu denken.

Petit Hector war nicht gerade zufrieden. Er spürte, dass seine Mutter fand, dass Orhan mehr »Verdienst« hatte als er, und außerdem wusste er nicht so recht, was das eigentlich heißen sollte.

»Warum findest du, dass es bei ihm ein größeres Verdienst ist als bei mir?«

»Oh, Petit Hector, ich wollte dir keinen Kummer machen ...«

Seine Maman erklärte ihm, dass Orhans Eltern aus einem anderen Land kamen, wo sie auch zur Schule gegangen waren. Und zu Hause sprachen sie weiterhin die Sprache dieses Landes, und wenn sie die Sprache von Petit Hector und seinen Eltern sprachen, hatten sie immer noch einen komischen Akzent, was Petit Hector auch schon bemerkt hatte, wenn sie Orhan von der Schule abholten.

»Du hingegen konntest uns zu Hause immer richtig sprechen hören, seit du ein ganz kleiner Junge warst. Für dich ist es also ein bisschen einfacher, richtig zu sprechen oder einen guten Aufsatz zu schreiben. Für Orhan ist es schwieriger, und deshalb habe ich gesagt, dass er große Anerkennung verdient, wenn er gute Aufsatznoten hat.«

Petit Hector verstand.

»Er hat das Verdienst, aber ich habe trotzdem die besseren Noten!«

»Ja, natürlich«, sagte Maman.

Am Abend bei Tisch fragte ihn sein Papa, welche Noten er bekommen hatte, und Petit Hector berichtete noch einmal, wie gut sie waren, und sagte dann: »Aber Maman meint, bei Orhan ist das ein größeres Verdienst.«

»Ah, du hast mit ihr über Verdienste gesprochen?«, fragte sein Vater. »Und wenn Orhan weniger gute Noten hätte, wäre es dann trotzdem sein Verdienst?«

Petit Hector hatte es sehr gern, wenn sein Papa ihm Fragen stellte; er spürte, dass sie ihm dabei helfen sollten, die Lektionen des Lebens zu lernen.

»Das würde doch bedeuten, dass er nicht so fleißig gewesen ist.«

»Oder noch etwas anderes?«, fragte sein Papa. »Wenn du eine Menge trainieren würdest, könntest du dann besser Fußball spielen als Guillaume?«

»Nein«, sagte Petit Hector.

Er hatte schon oft daran gedacht, aber er spürte ganz

deutlich, dass es ihm nicht gelingen würde. Schließlich hatte er akzeptiert, dass er niemals sehr gut in Fußball sein würde, aber das traf sich verdammt gut, denn er hatte sowieso keine Lust, Fußballer zu werden.

»Wenn Orhan nicht so gute Noten hätte, obwohl er fleißig lernen würde … dann würde das bedeuten, dass er nicht sehr begabt zum Aufsatzschreiben ist!«

»Sehr gut, Petit Hector. Aber er hat doch gute Noten?«

»Ja«, sagte Petit Hector.

»Wenn Orhan also gute Noten hat, dann liegt es daran, dass er fleißig lernt oder dass er begabt ist, vielleicht auch ein bisschen an beidem.«

»Ja.«

»Hector …«, sagte seine Maman zu seinem Papa.

»Wenn er fleißig arbeitet – wer hat ihm das beigebracht?«, wollte sein Papa wissen.

»Ähm … seine Eltern?«

Petit Hector erinnerte sich daran, dass Orhan einmal erzählt hatte, sein Vater arbeite die ganze Zeit, und außerdem sage er immer zu ihm: »Orhan, vor der Arbeit darf man sich nie ausruhen, immer erst hinterher.«

»Ja, das Arbeiten haben ihm seine Eltern beigebracht. Oder nehmen wir an, er ist begabt, so wie Guillaume beim Fußballspielen – wo kommt das her?«

»Ähm … so ist er halt geboren.«

»Chéri, ich glaube, du solltest jetzt aufhören«, sagte Maman.

»Und wenn er so geboren ist, wo kommt das her?«

»Ähm … von seinen Eltern?«

»Siehst du«, sagte der Papa von Petit Hector. »Wenn er gelernt hat, richtig zu arbeiten, kommt das von seinen Eltern, und wenn er begabt ist, kommt das auch von seinen Eltern. Also kommt es nicht von ihm selbst.«

»Hör doch auf«, sagte die Maman von Petit Hector, »ich weiß, was du jetzt gleich wieder sagen wirst.«

Petit Hector begann zu begreifen, was sein Papa ausdrücken wollte: Wenn man noch ganz klein ist, kommt alles von den Eltern.

»Also hat Orhan gar kein Verdienst!«

»Wenn man so will«, sagte sein Papa. »Und du ebenso wenig.«

»Hector!«, sagte seine Maman.

»Also haben die Guten keine Verdienste?«

»Nein«, sagte sein Papa. »Und die Schlechten?«

»Ähm ... Nein, die auch nicht. Also ist es auch nicht ihre Schuld?«

»Genau«, sagte sein Papa, »gut oder schlecht, niemand hat Schuld dran.«

»Hector!«, rief seine Maman.

Und während des restlichen Abendessens sprachen sie über andere Dinge, und Petit Hector spürte, dass seine Mutter ein bisschen verärgert über seinen Vater war.

Später standen sie alle in der Küche. Sein Papa goss sich ein letztes Glas Wein ein, während Maman die Teller in die Spülmaschine stellte. Und dann sagte sie zu Petit Hectors Vater: »Auf diese Art möchtest du unserem Sohn wohl beibringen, dass es im Leben gar keine Verdienste gibt. Du willst einen verantwortungslosen Menschen aus ihm machen!«

»Nein, ich will ihm einfach zeigen, dass man über die Menschen nicht richten darf.«

»Du siehst alles durch die Brille deines Berufs«, sagte Petit Hectors Maman und klappte die Spülmaschine zu. Dann schenkte sie sich auch ein Glas ein.

»Ja, vielleicht, meine Liebe«, sagte sein Papa. »Aber weißt du – egal ob Erziehung oder Veranlagung, schuld sind immer die Eltern.«

»Also leugnest du den Wert des eigenen Bemühens?«

»Nein, natürlich nicht. Im Gegenteil. Aber selbst hier noch ... woher kommt eigentlich die Fähigkeit, sich anzustrengen?«

»Du glaubst also nicht an die Freiheit, an den freien Willen?«

»Genau«, sagte sein Papa, »so richtig glaube ich nicht daran.«

»Für dich sind wir nicht frei, das Gute oder das Böse zu tun?«

Petit Hector spürte, dass das Gute und das Böse für seine Mutter eine sehr wichtige Angelegenheit waren.

»Ich glaube wirklich eher, dass wir es nicht sind. Oder wenn wir einen Anteil Freiheit besitzen sollten, glaube ich jedenfalls nicht, dass er sehr groß ist.«

Maman sah so aus, als müsste sie überlegen, und dann sagte sie: »Wenn ich dich also richtig verstehe, sollte man Verbrecher – denn im Grunde ist es ja nicht ihre Schuld, wenn sie so sind, wie sie sind – auch nicht bestrafen!«

»Aber doch, natürlich, eine Gesellschaft kann gar nicht funktionieren, wenn man die schlechten Verhaltensweisen nicht bestraft und die guten nicht belohnt. Zu Handlungen, die der größtmöglichen Zahl von Menschen von Nutzen sind, muss man unbedingt ermutigen.«

»Du beurteilst den Wert des Handelns nach den Konsequenzen. Du bist ein unverbesserlicher Utilitarist!«, sagte Petit Hectors Maman und trank ihr Glas leer.

»Und du, du glaubst ans Gute, du glaubst an die Willensfreiheit, du bist eine Kantianerin!«, sagte Petit Hectors Papa und erhob sein Glas, als wollte er auf Petit Hectors Maman anstoßen.

»Das ist nichts Neues«, meinte sie.

»Was sind Konsequenzen?«, wollte Petit Hector wissen.

Seine Eltern blickten einander an.

»Wenn du etwas tust«, sagte seine Maman, »dann sind die Konsequenzen alles, was durch deine Taten geschieht. Wenn du zum Beispiel ein Videospiel spielst, statt für den Unterricht zu lernen, bekommst du hinterher eine schlechte Note, verstehst du?«

»Ja.«

Das war eine schwierige Sache, denn Computerspiele waren fast immer amüsanter als der Unterrichtsstoff.

»Man muss also immer an die Konsequenzen denken, bevor man etwas tut«, sagte sein Papa.

»Und nicht einfach loslegen?«, fragte Petit Hector.

»Genau«, sagte sein Papa und lachte. »Das erzähle ich den ganzen Tag lang.«

Und er erklärte, dass er den Leuten, die in seine Sprechstunde kamen, dabei half, an die Konsequenzen zu denken, ehe sie etwas taten, worauf sie große Lust hatten – beispielsweise sich scheiden zu lassen.

Petit Hector spürte, dass dies eine große Lektion für das Leben war.

Währenddessen hatte sein Vater die Hand seiner Mutter ergriffen, und sie entzog sie ihm nicht.

Petit Hector war froh; er hatte ja gespürt, dass dieser Streit kein richtiger Streit gewesen war, sondern dass seine Eltern nur so taten, als ob sie sich stritten, und sich dabei auch ein wenig amüsierten.

Einmal hatte er erlebt, wie sich seine Eltern richtig gestritten hatten, und das hatte ihm so große Angst gemacht, dass er selbst heute noch nicht daran denken konnte.

»Na gut, Petit Hector, ich glaube, es ist Zeit fürs Bett«, sagte sein Papa.

»Was bedeutet Nuttilitarist?«, fragte Petit Hector.

»Das ist jemand, der denkt, dass eine Handlung einfach dann gut ist, wenn sie einer größtmöglichen Zahl von Leuten Vergnügen bereitet«, sagte sein Papa. »Wenn sie gute Konsequenzen hat.«

»Und was ist eine Kantianerin?«

Petit Hectors Eltern schauten einander an. Diesmal erklärte es Maman: »Die Kantianer denken, dass wir uns vor dem Handeln immer fragen müssen: Was wäre, wenn alle Leute das gleiche tun würden wie wir? Und dann sieht man schon, ob es gut oder böse ist. Erinnerst du dich an das, was ich dir zum Thema Schummeln gesagt habe?«

»Ja«, sagte Petit Hector.

Er erinnerte sich allerdings auch an das, was sein Papa ihm gesagt hatte, aber es war hier nicht der passende Moment, um damit herauszurücken. *Wenn man etwas sagt, darf man nicht vergessen, zu wem man spricht.*

»Und wer sagt, was gut oder böse ist?«, wollte Petit Hector wissen.

»Genau das ist ja das Problem ...«, meinte sein Papa. »Für dich ist das gut, von dem wir dir sagen, dass es gut ist.«

»Und wenn ihr nicht beide dasselbe sagt?«, fragte Petit Hector.

Sein Papa und seine Maman warfen sich einen Blick zu, und dann mussten sie plötzlich lachen, aber Petit Hector fühlte, dass sie sich nicht über ihn lustig machten; sie schienen einfach fröhlich zu sein.

»Na schön«, sagte sein Papa, »und weißt du, was jetzt gut ist? Dass du ins Bett gehst, und deine Maman ist da ganz einer Meinung mit mir. Einverstanden?«

»Einverstanden«, sagte Petit Hector.

Aber im Bett fing er an nachzudenken, und er fühlte sich richtig aufgeregt.

Er sagte sich, dass sein Papa recht hatte, was die Verdienste anging! Wenn beispielsweise Dezitonne so dick war, kam das von seiner Mutter: Entweder war er so geboren, oder sie hatte ihm beigebracht, so viel zu essen. Anders als Petit Hector hatte Dezitonne vielleicht nicht zu hören bekommen, dass er immer Gemüse essen solle. Wenn Binh Schlitzaugen hatte, dann ... Und wenn Arthur gut in Mathe war, war er entweder so geboren, oder sein Vater und seine Mutter hatten ... Und dass Guillaume so gut Fußball spielte, war ein Beweis mehr! Petit Hector erinnerte sich, wie er einmal bei Guillaume zu Hause gewesen war. Sie wohnten in einer ganz kleinen Wohnung, in der es nach Essen roch und die locker ins Wohnzimmer von Petit Hectors Familie gepasst hätte. Und da hatte er an der Wand ein

Foto von Guillaumes Vater gesehen, auf dem er noch ganz jung aussah und mit anderen Fußballern seiner Mannschaft abgebildet war!

Petit Hector nahm sein Notizheft und machte seine Eintragungen. Er begann mit dem schwierigsten, denn er fürchtete, sich am Ende nicht mehr so gut daran erinnern zu können:

Bevor man im Leben etwas tut, muss man an alles denken, was deswegen hinterher passieren kann, das sind nämlich die Konsequenzen, und die sind sehr wichtig, besonders, wenn man ein Nuttilitarist ist.

Eine Kantianerin, die denkt: Wenn alle Leute das Gleiche tun würden wie sie …

Und dann kam er auf die Verdienste zurück, denn das fand er sehr bedeutsam.

Wenn man so ist, wie man ist, dann liegt das an den Eltern, also ist niemand schuld daran.

Und Orhan hat keine Verdienste.

Aber wenn er, Petit Hector, nun eine schlechte Note bekäme, wessen Schuld wäre es dann?

Das wurden jetzt zu schwierige Überlegungen, und so schlief er lieber ein.

Petit Hector will das Gute tun

Auf dem Pausenhof waren Victor, der Schüler, der alle anderen überragte (was nicht sein Verdienst war, denn er war ja zwei Jahre älter) und Eugène, der dicke (was nicht seine Schuld war, seine Mutter war ja dick), häufig zusammen.

Aber diesmal war Victor nicht da, denn man hatte ihn für einen Tag vom Unterricht ausgeschlossen, weil er einer Pausenaufsicht eine freche Antwort gegeben hatte. Niemand wusste, was genau er geantwortet hatte, aber eine Nettigkeit war es wohl nicht gewesen.

Und so kam es, dass sich Eugène ein bisschen einsam fühlte und versuchte, mit der Gruppe von Jungs zu spielen, zu der auch Petit Hector gehörte und in der seine besten Freunde und noch andere waren. Aber es dauerte nicht lange, da fingen sie schon an, sich über ihn lustig zu machen.

»Schaut mal, da kommt Dezitonne angewalzt!«

»Passt bloß auf – er will uns bestimmt unser Pausenbrot wegfressen!«

»Der hat Backen im Gesicht, die sind so groß wie meine Pobacken!«

Und das brachte alle zum Lachen. Außer Petit Hector, der seit dem Gespräch mit seinem Papa nachgedacht hatte. Er hatte verstanden, dass es nicht die Schuld von Dezitonne – Pardon, von Eugène – war, wenn er so viel wog. Entweder war er so geboren, oder seine Mutter hatte ihm nicht beigebracht, sich richtig zu ernähren, und wenn man sie so ansah, sagte man sich, dass sie es wahrscheinlich selbst nicht wusste – wie hätte sie es ihm da beibringen können?

Eugène versuchte so zu tun, als würde auch er es lustig finden, dass man über ihn spottete, aber Petit Hector sah ganz deutlich, dass es ihm Kummer machte. Er hatte Dezitonne – Pardon, Eugène – nie besonders gemocht, zunächst einmal, weil er ein Sehrschlechter war, und dann, weil er keine interessanten Geschichten zu erzählen wusste, und überhaupt war er immer mit Victor zusammen, der allen ein wenig Angst machte. Aber vielleicht hatte Petit Hector das von seinem Papa mitbekommen oder von seiner Maman (sein eigenes Verdienst war es schon wieder nicht) – er konnte Tiere nicht leiden sehen, wie man so sagt.

Als Eugène später davongetrottet war, sagte Petit Hector zu seinen Freunden und zu denen, mit denen er weniger befreundet war: »Es ist nicht in Ordnung, Eugène auszulachen, nur weil er so viel wiegt.«

»Aber ist das vielleicht unsere Schuld, wenn er so dick ist?«, meinte Guillaume.

»Dick?«, sagte Orhan. »Echt fett ist der!«

»Fetter als fett«, sagte Arthur.

»Fett hoch sieben«, sagte Binh.

»Der fetteste der Fetten«, setzte ein anderer Junge, der mit ihnen spielte, noch drauf.

Alle lachten laut los, außer natürlich Petit Hector. Er versuchte, es ihnen begreiflich zu machen: »Es ist auch nicht seine Schuld, dass er dick ist!«

»Na klar, er isst zu viel!«

Und sie kicherten schon wieder.

»Das stimmt«, sagte Petit Hector, »aber wenn er zu viel isst, ist seine Mutter dran schuld.«

»Wieso seine Mutter?«

»Na, hast du die mal gesehen?«

»Wow, die Dampfwalze, echt fett …«

Und schon ging es wieder los mit »Fetter als fett« und »Fett hoch sieben«, und Petit Hector nervte das langsam.

»Hört doch auf!«

Alle waren überrascht, denn Petit Hector geriet sonst fast nie in Zorn.

»Wenn Dezitonne … nein, wenn Eugène so viel wiegt,

dann ist er so geboren; er hat das von seiner Mutter, die auch so dick ist. Oder aber sie hat ihm nicht beigebracht, richtig zu essen. Das ist nicht seine Schuld. Also ist es nicht gut, wenn wir ihn deswegen auslachen.«

»Aber er ist so eine Flasche; er hat nichts Interessantes zu sagen, und außerdem ist er immer mit Victor zusammen.«

»Ja, einverstanden, aber dass er dick ist, liegt nicht an ihm!«

Petit Hectors Freunde spürten, dass er sauer war, und so hörten sie auf; ein paar andere Jungen lästerten über Dezitonne und über Petit Hector, seinen Verteidiger, noch ein bisschen weiter, aber weil sie merkten, dass Orhan, Binh, Guillaume und Arthur nicht mehr mitmachten, gaben auch sie bald Ruhe.

Petit Hector war ziemlich zufrieden mit sich, er hatte den Eindruck, dass er das Problem gut erklärt hatte und dass ihm richtig klar geworden war, was sein Papa ihm gesagt hatte.

Am nächsten Tag aber war er schon weniger zufrieden, als er sah, wie Eugène und der große Victor auf ihn zukamen. Dezitonne … äh, Eugène … schien wütend zu sein.

»Du machst dich also über meine Mutter lustig?«

»Nein, das stimmt nicht …«

Aber Petit Hector blieb gar keine Zeit, um mehr zu sagen, denn schon hatte ihm Victor eine solche Ohrfeige verpasst, dass er zu Boden ging. Als er wieder aufstehen wollte, warf sich Victor auf ihn, aber in diesem Moment vernahm er die Stimme des Pausenaufsehers, der rief: »Was geht da hinten vor sich?«, und da hörte Victor auf.

Der Pausenaufseher kam zu ihnen herüber und fragte noch einmal, was geschehen war.

»Ich bin hingefallen«, sagte Petit Hector.

Orhan und Binh hatten auch gesehen, was passiert war, und eilten ihm nun zu Hilfe, aber in diesem Augenblick ertönte die Klingel, und alle mussten wieder in ihre Klassenzimmer.

Petit Hector schmerzte die Wange von Victors Ohrfeige, aber er nahm sich zusammen und weinte nicht. Allerdings begann ihm ein bisschen mulmig zu werden, wenn er an Victor dachte.

Am Abend saß er mit seinen Eltern beim Essen und erzählte ihnen nichts von alledem.

Aber irgendwann fragte er plötzlich: »Was bringt es eigentlich, wenn man zu den anderen freundlich ist?«

»Was es bringt?«, fragte Maman.

»Ja, warum ist es nicht besser, fies und gemein zu sein?«

Sein Vater und seine Mutter schauten einander an.

»Wenn du selbst freundlich bist, sind auch die anderen freundlich zu dir«, sagte seine Maman.

»Das stimmt nicht immer«, meinte sein Papa. »Und dann … entschuldige, Chérie, aber ich finde dein Argument wirklich utilitaristisch!«

Und er musste ein bisschen lachen.

»Du hast recht«, sagte Maman. »Also, Petit Hector, man muss freundlich sein, weil man auf diese Weise das Gute tut, und außerdem heißt es auch in allen Religionen, dass man zu den anderen gut sein soll. Erinnerst du dich?«

Und plötzlich fiel es Petit Hector wieder ein! In der Bibel stand sogar: Wenn man eine Ohrfeige bekommt, soll man auch noch die andere Wange hinhalten!

»Also ist es richtig, dass ich auch noch die andere Backe hinhalten muss, wenn ich eine gescheuert kriege?«

»Ähm …«, sagte seine Mutter, »es stimmt, dass Jesus das gesagt hat.«

»Clara …«, sagte Hector.

»Aber nicht jeder kann so sein wie Jesus«, fuhr Maman fort, »es ist einfach zu schwierig.«

»Hat dir jemand eine Ohrfeige gegeben?«, wollte sein Papa wissen.

»Ach nein«, antwortete Petit Hector, »ich wollte es einfach nur so wissen.«

Er dachte sich nämlich: Wenn ich von der Geschichte mit Dezitonne und Victor etwas erzähle, gibt das ein Riesentheater – Gespräch mit dem Klassenlehrer, mit der Aufsichtsperson, mit der Schulpsychologin –, und wer musste am nächsten Tag wieder mit Victor auf den Pausenhof?

»Wenn dir jemand eine Ohrfeige gibt, musst du uns das erzählen«, sagte seine Maman. »Versprichst du mir das?«

Petit Hector sah, dass sich seine Maman Sorgen machte. Wenn sie gesehen hätte, wie Victor ihm eine Ohrfeige gab, dann hätte sie diesem Victor garantiert selbst eine ordentliche Ladung verpasst! Seine Maman glaubte an Jesus, der sagte, man solle auch die andere Wange hinhalten, aber Petit Hector war sicher, dass sie egal wem eine geklebt hätte, um ihren Sohn zu verteidigen. Und er spürte wieder einmal, wie sehr seine Maman ihn liebte.

»Wenn man dir etwas tut, dann reden wir darüber, versprochen?«, sagte sein Papa.

»Ja, versprochen.«

Petit Hector sagte sich, dass er es zwar versprochen hatte, von einem Termin aber nicht die Rede gewesen war, also brauchte er es vielleicht nicht gleich heute zu sagen.

Später notierte er in seinem kleinen Heft:

Selbst wenn du versuchst, freundlich zu sein, sind die anderen nicht immer freundlich zu dir.

Nett zu anderen Menschen sein: In den Religionen ist das gut.

Wenn man freundlich ist, damit die anderen freundlich zu einem sind, dann ist man ein Nuttilitarist.

Es ist zu schwierig, wie Jesus zu sein.

Petit Hector, der Lehrer und die Tafelrunde

Petit Hector sagte sich oft, dass er in der Schule zwei Leben hatte. Das Leben mit seinen Freunden, das sein Papa so wichtig fand, und das Leben im Klassenzimmer, das seine Maman noch wichtiger fand und wo er zumindest vor Victor sicher war.

Dieses Jahr hatte er einen Lehrer statt, wie im letzten Jahr, eine Lehrerin. Er hatte seine Lehrerin sehr gemocht, sie hatte eine sanfte Stimme, hellbraune Augen – ein bisschen wie seine Maman – und geriet nie in Zorn, und trotzdem waren alle Schüler im Unterricht ruhig.

Aber na ja, Petit Hector war jetzt in einem anderen Schuljahr, so lief das Leben halt, wie sein Vater zu sagen pflegte, und jetzt hatten sie eben einen Lehrer.

Auch der Lehrer war noch ziemlich jung, ungefähr so alt wie die Eltern von Petit Hector, aber seine Haare waren schon grau, und überhaupt hatte er eine Menge Haare; seine Frisur sah ein bisschen so aus wie die des Komponisten, dessen Büste auf Mamans Klavier stand. Der Lehrer hatte auch eine große Nase und schaute ein bisschen traurig drein; er hatte aber ein schönes Lächeln, auch wenn er es nicht so oft zeigte. Petit Hector hatte bemerkt, dass die Mädchen in der Klasse ihn sehr mochten. Sie sagten: »Ach, ist der süß!«, und das nervte Petit Hector ein wenig. Eines Tages hatte er gehört, wie seine Maman über den Lehrer redete und ihn »den romantischen Dichter« nannte. Seltsam, der Lehrer schrieb doch gar keine Gedichte; jedenfalls hatte Petit Hector mitbekommen, dass auch seine Maman den Lehrer sehr mochte – also wirklich, dieser Mann gefiel den Frauen, und Petit Hector wollte gut aufpassen, wie er es anstellte, und auf diese Weise ein bisschen mehr über das Leben mit dem ganz großen L lernen.

Morgens sah der Lehrer oft müde aus, als hätte er nicht geschlafen. Dann gab er seinen Schülern Aufgaben zu lösen und erholte sich ein bisschen, indem er ein Buch las. Vielleicht erholte er sich dabei aber auch gar nicht so sehr, denn gleichzeitig machte er sich in einem kleinen Heft Notizen, als hätte auch er Hausaufgaben zu erledigen.

Wenn er aber nicht müde war, hatte er stets eine amüsante Art, die Dinge darzustellen. Er fragte beispielsweise: »Was beweist euch eigentlich, dass die Erde wirklich rund ist?« Er hörte sich die Antworten an – »Wir haben einen Globus zu Hause«, »Mein Papa hat das so gesagt«, »Es ist im Fernsehen gekommen«, »Wenn sie nicht rund wäre, könnte sie sich nicht drehen« –, und hinterher erklärte er ihnen, dass der erste Mensch, der die Kugelform der Erde vor sehr langer Zeit bewiesen hatte, ein Grieche gewesen war. Griechenland lag neben der Heimat von Orhans Eltern. Früher war es ein sehr wichtiges Land gewesen, und seine Bewohner hatten dem Rest der Welt über eine lange Zeit viele Ideen geliefert, herrliche Tempel mit Säulen errichtet und schöne Statuen gemeißelt, die Petit Hector und seine Klasse im Museum gesehen hatten, aber dann war es anders geworden mit Griechenland, und jetzt hatte das Land vor allem schwarze und grüne Oliven zu bieten oder Orte, an denen man seine Ferien verbringen konnte. »Und das könnte eines Tages auch mit uns passieren«, sagte der Lehrer mit seiner traurigen Miene, die den Mädchen so gefiel.

Der Lehrer hatte an der Tafel Zeichnungen gemacht, um zu zeigen, wie der alte Grieche herausgefunden hatte, dass die Erde rund war, indem er einfach den Schatten betrachtet hatte, den die Säulen mittags warfen.

Dieser Lehrer mochte Griechenland nämlich sehr, und Petit Hectors Eltern hatten erzählt, dass er in den Ferien die Leute nach Griechenland mitnahm und ihnen alles erklärte. Außerdem bereitete er sich auf ein sehr schwieriges

Examen vor, damit er auch Schüler, die viel älter als Petit Hector und seine Freunde waren, unterrichten konnte. Vielleicht würde der Lehrer also eines Tages die Schule verlassen, und die Schüler, die ihn so mochten, würden ihn nicht mehr zu Gesicht bekommen – da war es schon wieder, das Leben mit dem ganz großen L, aber wenigstens war es nicht so traurig wie eine Scheidung.

Der Lehrer gab auch Orhan im Aufsatz gute Noten, worin sich zeigte, dass er nicht nachtragend war, denn Petit Hector hatte verstanden, dass Orhans Land und Griechenland sich ordentlich bekriegt hatten und dass es immer noch nicht wirklich vorbei war.

Im Rechnen war der Lehrer auch ziemlich gut, aber man spürte, dass es ihn weniger interessierte, und einmal hatte Arthur in dem, was er an die Tafel geschrieben hatte, sogar einen Fehler entdeckt, und der Lehrer hatte gesagt: »Bravo, Arthur!«

Manchmal sagte sich Petit Hector, dass auch der Lehrer verschiedene Leben hatte und das Leben im Klassenzimmer nur eines davon war, und dann machte er sich seine Gedanken über die anderen Leben des Lehrers. Und weil er jetzt genau aufpasste, war es ihm gelungen, einige Indizien aufzuspüren, ganz wie es die Polizisten im Fernsehen machten.

Morgens sah der Lehrer immer ein bisschen traurig und müde aus, aber am Nachmittag war er besser in Form. Ging er vielleicht zu spät schlafen?

Dann hatte der Lehrer, anders als Petit Hectors Eltern, keinen Ehering am Finger, also war er nicht verheiratet. Ob er eine Freundin hatte?

Und dann trug der Lehrer ein gewebtes Armband mit einer Art Schmuck aus Stein drin, das er vielleicht aus Griechenland mitgebracht hatte.

Der Lehrer wählte auch anders als Petit Hectors Eltern, denn als eine bestimmte Dame eines Tages zur Bürgermeisterin der Stadt gewählt worden war und Petit Hectors Eltern sich freuten, weil sie für sie gestimmt hatten, hatte der Lehrer besonders müde ausgesehen, und als ihm später noch sein Buch auf den Fuß gefallen war, hatte er gesagt: »Also heute ist wirklich kein guter Tag.«

Und dann konnte der Lehrer auch Amerika nicht besonders leiden, denn manchmal sagte er: »Guckt nicht immer diese idiotischen Filme, die aus Amerika kommen.« Petit Hector hatte das seinem Papa erzählt, und der hatte gesagt, dass der Lehrer nicht unrecht hatte, was bestimmte Filme betraf, aber dass heutzutage viele gute Ideen aus Amerika kamen – ein bisschen wie damals aus Griechenland. Und später sollte Petit Hectors Klasse einen Aufsatz schreiben, bei dem das Thema lautete: *Welches Land würdet ihr gerne besuchen und warum?*, und Petit Hector hätte beinahe geschrieben: »Amerika«, aber dann hatte er es sich verkniffen, weil er sich an die erste Lektion des Lebens erinnert hatte:

Wenn man etwas sagt, darf man nicht vergessen, zu wem man spricht.

Diese Regel funktioniert nämlich genauso, wenn man etwas schreibt.

Und dann spürte Petit Hector auch, dass der Lehrer ihn gut leiden konnte, denn erstens führte er sich im Unterricht gut auf und war ein fleißiger Schüler. Aber außerdem hatte er ihn eines Tages gefragt, ob er eigentlich wisse, woher das »Hector« in »Petit Hector« kommt, und Petit Hector hatte sich sehr gefreut, dass der Lehrer es ihn gefragt hatte, denn natürlich wusste er die Antwort.

»Hektor, Gatte von Andromache und Vater von Astyanax, der tapferste Krieger von Troja!«, hatte Petit Hector gesagt.

Es machte ihn sehr stolz, dass er es wusste, und er fand, dass er einen interessanten Vornamen hatte, durch den man jede Menge lernte.

»Und Hektor war auch ein guter Ehemann und Vater«, hatte der Lehrer mit einem Lächeln gesagt.

Das stimmte wirklich. Hector hatte seinem Sohn die Szene erzählt, in der sich Hektor, bevor er in den Kampf zieht, von seiner Frau und seinem kleinen Kind verabschiedet, und der kleine Astyanax hat Angst vor dem Helm seines Vaters mit dem Federbusch drauf und versteckt sich in den Armen der Mutter, und sein Vater versucht ihn zu beruhigen.

Petit Hector hingegen hatte vor seinem Vater fast niemals Angst gehabt, und so war er sicher, dass er später als Erwachsener auch einmal tapfer sein würde.

»Hektor war ein großer Krieger«, sagte der Lehrer, »aber er hat den Krieg nicht gewollt. Er hat alles getan, um zu verhindern, dass sich die Trojaner und die Achäer bekriegen. Er fand, dass Krieg etwas Schreckliches sei. Merkt euch das. Man kann sehr mutig sein und trotzdem keinen Krieg wollen.«

»Und Gefangene darf man nicht töten«, rief Petit Hector.

»Ja, das stimmt«, sagte der Lehrer. »Hektor tötete die Gefangenen nicht.«

»Wie die Ritter der Tafelrunde«, sagte Arthur.

Petit Hector war verwundert, er sah keinen richtigen Zusammenhang zwischen Hektor und den Geschichten aus dem Mittelalter, aber dann begriff er schnell, weshalb Arthur das Thema angesprochen hatte.

»Genau«, sagte der Lehrer. »Und woher kommt dein Vorname, Arthur?«

»Arthur, sagenhafter König von Großbritannien!«, antwortete Petit Hectors Freund, denn die Franzosen nennen diesen König nicht *Artus*, sondern eben *Arthur*. Und dann zählte Arthur wie aus der Pistole geschossen auf, wer die Freunde des Königs Artus gewesen waren, nämlich die Ritter der Tafelrunde, also Lancelot, Gawain, Parzival, Tristan, Lionel, Iwein, Sagramore, Pellinore, Geraint, Palamedes, Mordred …

Hier geriet Arthur ins Stocken. Der Lehrer blickte ihn an, ohne etwas zu sagen.

»Ähm ... Ähm ... Leodegrance, Maleagant, Lamorak, Keie ... Hubald, Griflet ... Gareth, Galehaut ... und Galahad ...«

Man merkte deutlich, dass es Arthur nicht gelang, alle aufzuzählen, die er kannte; er wusste, dass es noch andere gab, die er vergessen hatte.

»Bravo!«, sagte der Lehrer. »Seht ihr, das ist eine gute Methode, um ein bisschen Geschichte und Geografie zu lernen – interessiert euch dafür, wer euren Vornamen getragen hat!«

Petit Hector hoffte, der Lehrer würde auch Binh und Orhan bitten, über ihre Vornamen zu sprechen, denn dabei hätte man bestimmt etwas Interessantes erfahren, aber stattdessen sagte er: »Und wisst ihr auch, weshalb die Ritter der Tafelrunde an einem runden Tisch Platz nahmen?«

Niemand antwortete. Selbst Arthur schien es nicht zu wissen.

»Um zu zeigen, dass sie untereinander alle gleich waren«, sagte der Lehrer. »Jeder saß gleich weit von der Tischmitte entfernt. Und an diesen Tisch durfte man sich nur setzen, wenn man es durch seine guten Taten verdient hatte – es ging nicht etwa nach Ahnentafel oder Reichtum. Es ging um die eigenen Verdienste.«

Petit Hector fragte sich, ob es der passende Augenblick war, um zu sagen, dass die Ritter keinerlei Verdienst hatten, denn wenn sie so waren, wie sie waren, lag das wahrscheinlich an ihren Eltern, zumindest an ihren Vätern, die auch schon Ritter gewesen waren, oder wenn nicht, dann waren sie als kräftige und mutige Burschen geboren worden, doch auch das lag an ihren Eltern. Aber dann fand er, dass ihm diese Geschichte mit den Verdiensten schon genug Ärger beschert hatte, und hielt lieber den Mund.

»Und womit hatten sich die Ritter das verdient?«, wollte Orhan wissen.

»Indem sie alle ihre Feinde getötet hatten«, meinte Binh.

»Nein«, sagte der Lehrer. »Die Ritter mussten im Kampf

mutig sein – oder kühn, beherzt, tapfer, wie man damals sagte –, aber sie hatten auch Regeln zu respektieren.«

»Was für Regeln?«, fragte Petit Hector.

Er war gespannt, ob es die Regeln seiner Maman waren – man tut etwas nur dann, wenn es gut wäre, dass alle Leute dasselbe täten – oder eher die von seinem Papa – man tut etwas, wenn das, was dadurch hinterher passiert, gut ist.

»Nun«, sagte der Lehrer, »wenn beispielsweise in einem Zweikampf der Feind gestürzt war, dann wartete der andere Ritter mit dem Weiterkämpfen, bis er wieder aufgestanden war.«

Petit Hector erinnerte sich, so war es in den Filmen. Der edle Ritter hatte gewartet, bis der andere sich erhoben hatte, aber wenn der edle Ritter selbst hingefallen war, hatte sein fieser Feind das ausgenutzt.

»Aber wenn der Ritter wartet, bis der Feind aufsteht, und hinterher tötet ihn der Feind?«, fragte Binh.

»Na ja, das konnte natürlich passieren, aber für die Ritter war das eigene Leben weniger wichtig als die Beachtung der Regeln.«

Petit Hector sagte sich, dass diese Ritter gewiss keine Nuttilitaristen gewesen waren!

Der Lehrer erzählte weiter, und man konnte spüren, dass es ihm wichtig war, die Sache mit den Rittern und dem Krieg zu erklären.

»... und die Ritter schlugen sich nur, wenn es darum ging, Schwächere gegen die Bösen zu verteidigen«, sagte er. »Und sie schummelten niemals«, fügte er mit einem Seitenblick auf Petit Hector hinzu.

Petit Hector fühlte sich sehr verlegen; seit dem letzten Mal hatte er mit Guillaume wieder ein bisschen geschummelt, und nun fragte er sich, ob der Lehrer das mitbekommen hatte.

Aber wenn man Guillaume, der in Orthografie ein bisschen schwach war, unter die Arme griff, war es im Grunde doch genauso, als wenn die Ritter den Schwächeren halfen. Einem Freund zu helfen hieß also, es den Rittern gleichzutun oder dem listenreichen Odysseus, den sein Lehrer auch sehr zu mögen schien. Petit Hector erinnerte sich, dass der listenreiche Odysseus keine Hemmungen hatte, zu lügen und zu betrügen, wenn es darum ging, sein Leben zu retten und das seiner Freunde.

All das war ein Beweis dafür, dass Geschichte und Geografie trotzdem interessant waren, denn sie brachten einen zum Nachdenken. Am Abend notierte Petit Hector in seinem Heft:

Krieg ist etwas Schreckliches; meine Eltern und der Lehrer sind dagegen.

Wenn man Schwächeren hilft, macht man es wie die Ritter.

Die Ritter haben die Regeln befolgt – wie Maman.

Odysseus war ein Nuttilitarist.

Petit Hector wird nicht belohnt

In seinem Schulleben lief es für Petit Hector inzwischen weniger gut. Er hatte nun immer ein wenig Angst vor Victor, und auf dem Pausenhof blieb er stets mit Orhan, Binh und Arthur zusammen. Wenn Victor von Weitem sah, dass sie schon wieder beieinanderstanden, musste er grinsen.

Binh hatte eine schwierige Mission übernommen: Er war zu Dezitonne – Pardon, Eugène – hinübergegangen, um ihm zu sagen, dass sich Petit Hector gar nicht über seine Mutter lustig gemacht hatte, aber Eugène hatte ihm nicht zuhören wollen, und Victor hatte gesagt, Schlitzauge solle die Flocke machen, ansonsten kriege er genauso seine Abreibung. Von Weitem hatten Petit Hector und die anderen den Eindruck gehabt, dass Binh sich gleich auf Victor stürzen würde, aber nein, er war zu ihnen zurückgekommen, schließlich war er ja ein Abgesandter und musste ihnen berichten, was Eugène gesagt hatte, statt sich zu prügeln.

Auf dem Pausenhof passierte eigentlich nicht viel, aber dafür nach dem Klingelzeichen, wenn die Schüler aus dem Klassenzimmer strömten oder zur nächsten Unterrichtsstunde einrückten. Victor versuchte dann immer in Petit Hectors Nähe zu sein, und wenn ihm das gelang, versetzte er ihm einen Tritt ans Schienbein, was niemandem auffiel, aber sehr schmerzhaft war, oder aber er versuchte, ihn die Treppe hinunterzuschubsen. Petit Hector musste immer mehr aufpassen, Victor nicht zu nahe zu kommen, und meistens gelang ihm das auch, aber nicht immer.

Wegen Victor begann er sich davor zu fürchten, in die Schule zu gehen.

Er hatte natürlich daran gedacht, alles seinen Eltern zu

erzählen, aber was hätte das geändert? Seine Eltern hätten mit dem Lehrer gesprochen, alle hätten Wind von der Sache bekommen, er hätte als Petzer dagestanden, und Victor hätte es nicht daran gehindert, ihm weiterhin Fußtritte zu verpassen oder ihn zu schubsen, wenn gerade niemand zuschaute. Höchstens hätte man Victor für einen oder zwei Tage vom Unterricht ausgeschlossen, aber wenn er danach wieder zurückkam, was dann?

»Hast du Sorgen, Petit Hector?«, fragte seine Maman. Man sah es ihm offenbar an, dass er Kummer hatte. Auch sein Vater schaute ihn an. Es war ein Sonntagabend, und natürlich machte er sich Sorgen, denn morgen musste er wieder in die Schule.

Am Ende sagte er ihnen, dass es in seiner Klasse einen Großen gab, vor dem er sich fürchtete und der ihn pausenlos ärgerte.

»Aber warum denn?«, fragte seine Maman.

»Wegen nichts. Er kann mich nicht leiden, und das ist alles. Er ist so einer.«

Petit Hector hatte keine Lust, die Geschichte von Anfang an zu erzählen; wahrscheinlich hätten seine Eltern sonst wieder mit ihrem Streit zum Thema Verdienste angefangen.

Hector und Clara schauten einander an.

»Hast du schon mit dem Lehrer gesprochen?«, fragte Clara.

»Nein.«

»Dann werde ich mit ihm reden.«

»Nein!«, rief Petit Hector. »Dann wissen doch alle, dass ich es erzählt habe, und ich stehe als Petzer da!«

»Hast du dich schon mit ihm geprügelt?«, fragte sein Papa.

»Hector …«, sagte Clara.

»Nein«, entgegnete Petit Hector. »Er ist größer als ich.«

»Du hast doch gute Freunde?«

»Ja«, sagte Petit Hector.

»Und er?«

»Er hat bloß Dezitonne … äh … Eugène.«

»Sehr gut«, meinte sein Papa, »das wird funktionieren.«

»Hector …«, sagte Clara.

»Also gut, du gehst mit deinen Freunden zu ihm hin und sagst ihm: Wenn du mir das nächste Mal blöd kommst, dann werden wir fünf es dir doppelt heimzahlen!«

»Hector!«, sagte Clara.

»Und dabei musst du ganz ruhig bleiben«, sagte sein Papa. »Das wird ihm mehr Angst einjagen.«

»In Ordnung«, sagte Petit Hector.

»Wären deine Freunde einverstanden, mit dir zusammen zu ihm zu gehen?«

»Bestimmt.«

Petit Hector war sehr zufrieden. Er hatte schon selbst ungefähr die gleiche Idee gehabt wie sein Papa, aber weil man ihm ständig gesagt hatte, dass es sehr schlimm sei, sich zu prügeln, hatte er es nicht gewagt. Sein Papa war wirklich der beste der Welt!

Aber seine Maman schien alles andere als zufrieden zu sein. Sie sagte gar nichts mehr und schaute seinen Vater seltsam an.

»Das ist eine Geschichte unter Jungs«, sagte der in entschuldigendem Ton.

Seine Mama drehte sich zu ihrem Sohn hin und sagte: »Petit Hector, ich glaube, es wäre gut, wenn du jetzt in deinem Zimmer ein bisschen den Unterrichtsstoff wiederholen würdest.«

Und Petit Hector ging in sein Zimmer hoch, allerdings nicht so ganz; er blieb oben auf dem Treppenabsatz stehen und horchte.

»Du willst unserem Sohn beibringen, dass Gewalt eine Lösung für Probleme ist!«

»Nein, ich will ihm helfen, sich Respekt zu verschaffen.«

»Darf ich dich daran erinnern, dass sich das alles in einer

Schule abspielt! Dort gibt es andere Wege, um so ein Problem zu lösen.«

»Egal ob in der Schule oder anderswo, es ist wichtig, sich Respekt zu verschaffen. Das hat vor mir schon Schopenhauer gesagt.«

»Schopenhauer?«

»Er hat gesagt, dass die Ehre eines Menschen in Hinblick auf die Gesellschaft dadurch bestimmt wird, wie die anderen ihn zu behandeln – und also auch zu misshandeln – wagen. Oder möchtest du, dass unser Sohn ein Märtyrer wird?«

»Nein, natürlich nicht.«

»Na ja, dann muss er lernen, sich zu verteidigen.«

»Ich werde mit dem Lehrer sprechen.«

»Mach das bitte nicht. Petit Hector wird in seinem Leben nicht immer eine Maman und einen Lehrer haben, die ihn beschützen. Er muss lernen, sich selbst aus der Affäre zu ziehen.«

»Wie ein kleiner Schlägertyp!«

»Ganz und gar nicht, sondern wie ein Junge, der Bündnisse schmieden kann. Das ist im Leben sehr nützlich. Muss ich das ausgerechnet dir sagen?«

Danach wurde es ziemlich kompliziert; sein Papa erinnerte seine Maman daran, wie sie es Freunden, die wiederum Freunde von großen Chefs waren, zu verdanken hatte, dass sie von einem kleinen Chef, der sie nicht leiden konnte, nicht entlassen worden war – es war ein bisschen wie mit Victor und Petit Hector.

»Einverstanden«, sagte seine Maman, »aber glaubst du nicht, dass unser Sohn diese ganzen schmutzigen Winkelzüge ein bisschen früh lernt?«

»Meiner Ansicht nach ist es nie zu früh, und am Ende kommt sowieso keiner drum herum.«

»Du machst mich ganz traurig«, sagte Petit Hectors Mutter.

»Chérie, ich verstehe ja, dass du willst, dass unser Sohn

ein guter Mensch wird und vorbildlich handelt, aber er muss sich im Leben auch zu verteidigen wissen. Ich erlebe das doch tagtäglich …«

»Was erlebst du tagtäglich?«

»Von früh bis spät kommen Leute in meine Sprechstunde, die supernett sind, aber auch deprimiert, weil sie von den anderen schlecht behandelt werden – bei der Arbeit, in der Familie … Sie haben es nie gelernt, sich richtig zu wehren.«

»Aber Petit Hector ist imstande, sich zu wehren!«

»Sicher, aber bei uns lernt er vor allem Freundlichkeit. Ich möchte, dass er den kompletten Satz Spielkarten in die Hand bekommt.«

»Du möchtest, dass er Gewalt mit Gewalt beantwortet!«

»Nein, aber er muss die Wahl haben. Wenn er größer ist, kann er immer noch beschließen, auch die andere Wange hinzuhalten, aber ich will, dass er die Wahl hat, entweder still zu leiden oder doppelt so hart zuzuschlagen wie der andere!«

Petit Hector gefiel dieser Satz außerordentlich. Er sagte sich, dass sein Papa ihm bestimmt beibringen würde, wie man den Fiesen ordentlich eins aufs Maul gibt – was würden die bald alle Schiss vor ihm haben!

»Ich verstehe das ja«, sagte seine Maman, »und trotzdem macht es mich traurig.«

»Aber überleg doch mal, ist es nicht dasselbe, wie wenn er am Sonntag mit dir in die Kirche geht? Am Ende wird er selbst entscheiden, ob er damit weitermacht, ob er sich seinen Glauben bewahrt. Du lässt ihm die Wahl, sich später selbst zu entscheiden.«

»Ist es denn eine Frage der Entscheidung, ob man glaubt oder nicht?«

»Nein, einverstanden, da ist natürlich die göttliche Gnade, aber zweifelst du denn niemals?«

»Doch«, sagte seine Maman, »wie alle Leute …«

»Mein Liebling«, sagte sein Papa.

Und dann sagten seine Eltern für eine Weile gar nichts mehr, und Petit Hector hörte seine Maman schniefen. Weinte sie etwa?

Das machte Petit Hector ein bisschen Angst, und so verzog er sich in sein Zimmer, ohne ein Geräusch zu machen.

Er schaltete seinen Computer ein und fand rasch ein Kampfspiel, bei dem es ihm gelang, einen muskelbepackten Bösen auf dem Bildschirm in ein Häufchen Fetzen zu verwandeln. Er stellte sich vor, dass es Victor war. Jedes Mal, wenn der Böse sich wieder aufrichtete, zertrümmerte er ihm mit einem Fußtritt den Kopf. Er sah mit großer Befriedigung, dass er seinen Rekord vom letzten Mal verbessert hatte.

Später, vor dem Schlafengehen, griff er nach seinem kleinen Heft.

Im Leben ist es wichtig, einen kompletten Satz Spielkarten zu haben.

Man kann den anderen mehr Angst machen, wenn man nicht in Zorn gerät.

Wenn man Freunde hat, kann man Bündnisse schmieden.

Wenn ich groß bin, kann ich entscheiden, nicht mehr in die Kirche zu gehen.

Petit Hector und die Fantastischen Fünf

Am nächsten Tag erzählte er Guillaume, Arthur, Binh und Orhan von der Idee seines Vaters, wobei er aber so tat, als wäre es seine eigene Idee gewesen. Sie hörten ihm zu und fanden, dass es ein guter Einfall war. Petit Hector hatte das bereits gewusst, ehe er zu reden begonnen hatte, denn sie waren wirklich sehr gute Freunde und hatten schon vorher versucht, ihn zu verteidigen.

Victor war zwar größer und kräftiger als sie, aber zu fünft waren sie von gewaltiger Schlagkraft, ein bisschen wie die Ritter der Tafelrunde, wenngleich es von denen ein paar mehr gegeben hatte.

Guillaume war der beste Fußballspieler und also sehr gewandt, wenn es um das Austeilen von Fußtritten ging. Binh konnte richtig hart zuschlagen, und alle wussten, dass man ihn nicht aufhalten konnte, wenn er erst mal losgelegt hatte. Orhan war groß und ein bisschen dick, und wenn sie im Spiel versucht hatten, sich gegenseitig zu Fall zu bringen, hatte nie jemand geschafft, ihn umzustoßen. Arthur hatte nichts Besonderes, aber er war furchtlos. Auch Petit Hector hatte keine Angst, und außerdem war die Idee sowieso von ihm gewesen.

Victor und Dezitonne unterhielten sich gerade in einer Hofecke miteinander, als sie die Fantastischen Fünf anrücken sahen.

»Hör zu«, sagte Petit Hector zu Victor, »von heute an wirst du mir nie wieder blöd kommen.« Er spürte, wie sein Herz heftig pochte, passte aber auf, dass er weder ängstlich wirkte noch in Wut geriet – ganz, wie sein Vater es ihm geraten hatte.

»Vielleicht«, sagte Victor. »Wenn ich will.«

»Ich hoffe sehr für dich, dass du willst«, sagte Petit Hector, »denn sonst werden meine Kumpels und ich dich jeden Tag verprügeln.«

»Genau«, sagte Guillaume.

»Exakt«, sagte Orhan.

»So ist es«, sagte Binh.

»Genau so«, sagte Arthur.

»Pfff, ihr Gartenzwerge«, sagte Victor, »ihr seht ja so was von zum Fürchten aus.«

Petit Hector spürte, dass Binh und Orhan kurz davor waren, sich auf Victor zu stürzen, aber er wollte das nicht, denn sonst hätte es eine große Schlägerei gegeben, und sein Papa und seine Maman hätten es erfahren.

»Sag, was du willst«, meinte Petit Hector, »aber von jetzt ab ist es so. Und Eugène – ich habe mich nie über deine Mutter lustig gemacht, da ist nichts dran.«

»Halt die Schnauze«, sagte Eugène.

Victor sagte diesmal nichts. Aber Petit Hector merkte, dass er ziemlich verdattert aussah, und das freute ihn unheimlich.

»Genug geredet«, sagte Petit Hector, »wir haben euch gewarnt.«

Und er gab seinen Freunden ein Zeichen, dass sie jetzt fortgehen konnten.

Um sie herum standen noch andere Schüler, die die Auseinandersetzung verfolgt hatten, und Petit Hector sagte sich, dass es auch besser war, wenn alle Bescheid wussten. Sogar einige Mädchen hatten zugeschaut, und Petit Hector hoffte inständig, unter ihnen Amandine zu entdecken, denn so hätte sie ihn als Häuptling erleben können, aber ach, sie spielte genau auf der anderen Hofseite.

Gerade in dem Moment, als sich die Fantastischen Fünf aus der Menge lösten, kam der Pausenaufseher herüber und fragte: »Was ist denn hier schon wieder los?«

»Nichts«, sagte Petit Hector, »wir haben nur miteinander geredet.«

Er fühlte sich sehr, sehr glücklich. Er hatte den Eindruck, etwas getan zu haben, das sehr wichtig war, wenn man das Leben mit dem ganz großen L lernen wollte.

Petit Hector ist stolz auf seinen Papa

Von Zeit zu Zeit durften ein Vater oder eine Mutter in den Unterricht kommen, um zu erklären, was sie im Leben so machten. Die Berufe der Leute zu verstehen, war eine gute Methode, um das Leben mit dem ganz großen L zu erlernen.

Es kamen aber nicht alle Eltern; manche hatten anscheinend zu viel Arbeit, oder vielleicht hatten sie auch keine Lust, etwas über ihren Beruf zu erzählen.

Einmal war zum Beispiel Guillaumes Vater gekommen, der als Koch arbeitete. Das war ein Beruf, den jeder gut verstehen konnte, und so stellten die Schüler ihm Fragen, und Guillaume war ziemlich stolz auf seinen Vater, besonders als der erklärte, dass Koch ein harter Job war: Man musste morgens sehr früh aufstehen, um Einkäufe zu machen, und dann stand man die ganze Zeit in der Küche, wo es heiß war. Immer musste man sich beeilen, und manchmal verlor man ziemlich schnell die Nerven.

Der lange Victor – und da waren alle erstaunt, denn Victor stellte im Unterricht sonst nie Fragen –, der lange Victor also sagte, dass Guillaumes Vater das Restaurant besser kaufen solle, denn so könne er Geld verdienen, ohne selbst arbeiten zu müssen, und sein großer Bruder mache es übrigens genau so und besitze schon mehrere Restaurants, oder na ja, eigentlich waren es Bars, denn mit warmer Küche war es einfach zu anstrengend, während sich Flaschen schnell bestellen ließen und Getränke überhaupt viel mehr Geld reinbrachten.

Aber da sagte Binh, dass es bald überall nur noch Bars

geben würde, wenn es alle so machen würden – und wo könnte man dann noch zum Essen ins Restaurant gehen?

Das fanden alle ziemlich einleuchtend, aber Victor sah plötzlich nicht mehr so zufrieden aus und sagte bis zur Pause gar nichts mehr. Wenn Binhs Großeltern, die ein Restaurant führten, mit im Klassenzimmer gesessen hätten, wären sie gewiss stolz auf ihren Enkelsohn gewesen!

Schließlich war der große Tag gekommen, und Petit Hector war ganz aufgeregt, als er seinen Vater neben dem Klassenlehrer sitzen sah. Er freute sich und hatte trotzdem ein wenig Angst, weil er sich fragte, ob sein Papa womöglich wieder irgendetwas Seltsames sagen würde, denn manchmal passierte ihm das, und dann würden bestimmt alle zu lachen anfangen, und man konnte nicht wissen, wie er das aufnehmen würde.

Sein Vater erklärte, dass er zunächst Medizin studiert hatte, um ein richtiger Arzt zu werden. Dann hatte er sich für die Psychiatrie entschieden, weil man als Psychiater – wie ein anderer Arzt auch – den Menschen helfen konnte, damit es ihnen wieder besser ging.

»Sogar den Verrückten?«, fragte jemand aus den hinteren Sitzreihen.

Petit Hector drehte sich um. Es war Matthieu gewesen, ein sehr ruhiger Junge mit einer großen Brille, der in allem mittelprächtig war, selbst in Sachen Freunde; er kam mit allen gut zurecht, war aber von niemandem der beste Freund.

Petit Hector fand, dass es keine so gute Frage gewesen war, denn sein Vater hatte ihm schon erklärt, dass man nicht »die Verrückten« sagen sollte.

»In der Psychiatrie spricht man nicht von ›Verrückten‹«, sagte sein Papa. »Für uns sind das kranke Menschen, also ist es nicht sehr nett, wenn wir sie verrückt oder irre nennen.«

»Ja«, sagte Matthieu, »aber mein großer Bruder ist trotzdem verrückt.«

Alle waren überrascht, denn von Matthieus großem Bruder hatte noch nie jemand etwas gehört, aber Matthieu erzählte ja sowieso nicht viel. Eine Weile sagte niemand etwas, und gerade wollte der Lehrer zum Sprechen ansetzen, als Petit Hectors Vater sagte: »War dein Bruder schon einmal im Krankenhaus?«

»Ja«, antwortete Matthieu, »und da haben sie ihm jede Menge Medikamente gegeben, und hinterher war mit ihm überhaupt nichts mehr los.«

»Das kann am Anfang passieren«, sagte Petit Hectors Vater. »Manchmal findet man das richtige Medikament nicht gleich im ersten Anlauf.«

»Aber es war nicht der erste Anlauf«, sagte Matthieu, »er ist schon so oft im Krankenhaus gewesen, und es war immer dasselbe.«

»Hat er schon versucht, ohne die Medikamente zurechtzukommen?«

»Ja, aber das klappt auch nicht gerade gut ... Dann beginnt er mit sich selbst zu reden und ...«

Matthieu konnte nicht weitersprechen, und Petit Hector hatte das Gefühl, er würde gleich losweinen.

»Hört mal«, sagte sein Papa, »ich glaube, ich muss mit eurem Klassenkameraden hinterher extra reden. Das ist dann so, als wenn man mit seinem Arzt spricht, unter vier Augen.«

»In Ordnung, Matthieu?«, sagte der Lehrer. »Hectors Vater wird sich dann gleich mit dir unterhalten.«

Matthieu schniefte und sagte Ja.

»Matthieus Geschichte ist sehr wichtig«, sagte Petit Hectors Vater. »Es gibt nämlich in vielen Familien jemanden, der solche Probleme wie Matthieus Bruder hat. Dass er darüber gesprochen hat, ist also sehr gut und auch sehr mutig. Bravo, Matthieu!«

»Beifall für Matthieu!«, sagte der Lehrer, und die ganze Klasse begann zu klatschen. Matthieu guckte ziemlich verlegen, aber gleichzeitig merkte man, dass es ihn freute.

Danach gab es noch andere Fragen.

»Können Sie sehen, was die Leute denken, indem Sie sie einfach nur beobachten?«

»Nein, viele Menschen glauben das, aber damit wir wissen, was jemand denkt, muss er schon den Mund aufmachen.«

Petit Hector war enttäuscht – er wusste doch, dass sein Papa die Leute nur anzuschauen brauchte und gleich sehen konnte, was sie dachten! Aber vielleicht wollte er es nicht vor allen sagen, ein bisschen wie Clark Kent, der auch keinem sagt, dass er Superman ist.

»Und wenn alle Leute Medikamente nehmen würden, wäre dann jeder freundlich, und würde niemand mehr Unsinn machen?«

Der Lehrer und Petit Hectors Vater blickten einander an. Die Frage war von Aurélien gekommen, und Petit Hector begriff, dass Aurélien es sehr gern gesehen hätte, wenn alle Welt freundlich zu ihm gewesen wäre.

Sein Papa sagte, dass man Medikamente nur nehmen solle, wenn man krank ist, und überhaupt sei ein Medikament, das alle Leute nett und freundlich macht, noch nicht erfunden; da müsse man sich schon selber bemühen.

»Aber was ist mit denen, die keine Lust haben, sich zu bemühen?«, fragte Aurélien.

»Nun, denen wird es das Leben schon beibringen«, meinte der Lehrer.

Das erinnerte Petit Hector an das Gespräch mit seinen Eltern, als es darum gegangen war, weshalb man freundlich sein sollte, aber er sagte sich, dass jetzt nicht der richtige Moment war, um darüber zu reden. Inzwischen wusste er, dass die beste Strategie im Umgang mit nicht so netten Leuten war, sich Freunde zu suchen und stärker zu sein als die nicht so Netten. Er wollte versuchen, das auch Aurélien zu erklären, aber na ja, Aurélien hatte vor allem ein offenes Ohr für das, was der Lehrer sagte.

Und es gab noch andere Fragen: Konnte Hectors Papa

einen anderen Papa daran hindern, zu viel zu trinken? Oder eine große Schwester davon abhalten, noch spät am Abend aus dem Haus zu gehen und Drogen zu nehmen? Oder eine Maman dazu bringen, zur Arbeit zu gehen, auch wenn es ihr schwerfiel, morgens aus dem Bett zu kommen, und sie schon seit einiger Zeit nichts mehr kochte? Oder konnte er die Leute daran hindern, sich umzubringen?

Und Petit Hectors Vater beantwortete jede Frage, indem er erklärte, wie ein Psychiater den Leuten helfen kann: Er hört ihnen zu, er spricht mit ihnen und verschreibt ihnen Medikamente, wobei er versucht, gleich im ersten Anlauf die richtigen zu finden.

Fast alle Schüler stellten ihm Fragen, und Petit Hector war sehr stolz, denn man konnte ja sehen, dass der Beruf seines Papas für jeden interessant war!

Als sie später im Auto saßen, fragte ihn sein Vater, ob er zufrieden war mit seinem Auftritt vor der Klasse.

»O ja! Fast alle haben dir Fragen gestellt!«

»Ja, das stimmt.«

»Und was hast du Matthieu gesagt?«

»Das ist ein Geheimnis, Petit Hector.«

»Na gut, aber es ist kein Geheimnis, dass du ihm etwas gesagt hast – das wissen jetzt doch alle.«

»Matthieu braucht einfach jemanden, mit dem er über die Sorgen sprechen kann, die er sich wegen seines Bruders macht.«

»Und wird er mit dir sprechen?«

»Nein, aber wir werden jemanden für ihn finden ...«

»Unsere Frau Schulpsychologin!«, rief Petit Hector.

»Ähm ...«, sagte sein Papa, »das ist ein Geheimnis.«

Petit Hector war stolz, dass er es herausgefunden hatte! Er sagte sich, dass jetzt auch er die Gedanken der Leute erraten konnte, indem er sie bloß anschaute.

Später fragte er seinen Papa: »Du kannst also allen Menschen helfen? Jedem, der Sorgen hat?«

»Nein. Zunächst einmal nur den Menschen, die zu mir in die Sprechstunde kommen. Und dann brauchen auch gar nicht alle Menschen Hilfe, Petit Hector – den meisten gelingt es, ganz allein mit ihren Sorgen fertig zu werden!«

»Na, ein Glück«, meinte Petit Hector, »sonst müsstest du Tag und Nacht arbeiten, und Maman und ich würden dich gar nicht mehr sehen!«

»Genau!«, sagte sein Papa. »Aber so weit wird es nie kommen.«

Das Licht des späten Nachmittags begann allmählich zu schwinden, aber noch war es hell; es war eine Stunde, die Petit Hector sehr gern hatte. Er fragte seinen Papa: »Fahren wir nach Hause?«

Sein Papa schaute auf die Uhr.

»Wir haben noch Zeit für einen kleinen Spaziergang.«

»Fahren wir in den Wald?«

»Na los!«

Und so sah das Glück aus, denn Petit Hector hatte eigentlich den ganzen Tag darauf gehofft, dass sein Papa mit ihm einen kleinen Waldspaziergang machen würde.

Am Abend schrieb er nur ein paar Worte in sein Notizbüchlein:

Ich habe den besten Papa der Welt.

Und er kann fast jedem helfen: ~~den Verrückten~~ den Leuten, die sehr krank sind, und auch solchen, die einfach bloß Sorgen haben.

Petit Hector und das Wort des Herrn

Am Sonntag lebte er sein Leben mit den Eltern, aber doch ein bisschen anders als an den übrigen Tagen.

Zuerst ging Petit Hector mit seiner Maman in die Kirche. Es war einer jener Augenblicke, die er mit ihr allein verbrachte, und es machte ihn stolz, wenn die Leute sie beide zusammen sahen.

Als er noch kleiner gewesen war, hatte er eines Tages sogar zu seinem Papa gesagt: »Ich möchte Maman später gern heiraten!« Kaum hatte er das ausgesprochen gehabt, war ihm auch schon klar geworden, dass er gerade etwas sehr Dummes gesagt hatte, aber sein Papa hatte gelacht und gesagt: »Wenigstens mal einer, der es nicht verdrängt!«, und Petit Hector hatte nicht verstanden, was das bedeuten sollte, aber zumindest hatte er begriffen, dass er in den Augen seines Papas keine große Dummheit gesagt hatte.

Jetzt fuhren sie also zur heiligen Messe, und Petit Hector saß im Auto hinter seiner Maman.

»Maman, warum kommt Papa nicht mit in die Messe?«

»Weil er so vielen Leuten geholfen hat und davon jetzt ganz müde ist.«

»Hat er ihnen beigebracht, die gute Seite der Dinge zu sehen?«

»Genau so ist es«, sagte seine Maman. »Und wenn dein Papa damit fertig ist, muss er sich erholen, damit er auch für sich selbst weiterhin die gute Seite der Dinge sehen kann.«

Petit Hector nickte, aber er sagte sich, dass auch seine Maman eine Menge arbeitete, und trotzdem ging sie in die Kirche.

»Und in die Kirche braucht man nur zu gehen, wenn es einen interessiert?«, fragte er.

»Äh … ja … natürlich.«

Danach sagte seine Maman eine Weile lang gar nichts, und schließlich fragte sie: »Wenn ich nicht dabei wäre, hättest du dann trotzdem Lust hinzugehen?«

»Ich weiß nicht.«

Das stimmte auch, er war nicht sicher. Er wusste, dass er seiner Maman und natürlich auch dem lieben Gott eine Freude machte, wenn er in die Messe mitkam, aber andererseits langweilte er sich dort sehr. Am liebsten mochte er den Moment, wo er den Priester sagen hörte: »Lamm Gottes«, denn er wusste, dass es danach nicht mehr lange dauerte. Manchmal nutzte er die Messe auch dazu, den lieben Gott darum zu bitten, dass seine Eltern und er immer glücklich sein würden oder dass Victor ihm keine Fußtritte mehr verpassen sollte, aber das war ja nun nicht mehr nötig, und er konnte seine Gebete für andere Dinge aufsparen wie beispielsweise, dass er abends länger fernsehen durfte oder dass er in Mathe bessere Noten bekam als Arthur.

Von Zeit zu Zeit gab es auch sehr schöne Orgelmusik, und dann hatte Petit Hector den Eindruck, viel besser zu spüren, dass es einen lieben Gott gab.

»Maman – mit dir gehe ich immer in die Kirche!«

»Das ist lieb von dir, Petit Hector.«

Und Petit Hector spürte genau, dass seine Maman, hätte sie nicht gerade am Lenkrad gesessen, ihm ein Küsschen gegeben hätte.

Der Priester in dieser Kirche war ein ziemlich kleiner und dicker Herr und wirkte immer recht fröhlich. Er sang falsch, aber dafür sehr laut. Petit Hector sagte sich, dass er vielleicht mit Absicht so falsch sang, damit alle Kirchenbesucher, wenn er mal wieder loslegte, auch schnell zu singen anfingen, um ihn zu übertönen.

Das Interessante war, dass der allsonntägliche Priester diesmal einen anderen Priester eingeladen hatte, einen seiner Freunde, damit der die Predigt hielt. Der andere Priester war auch schon recht alt, aber sehr groß und ziemlich schön, und Petit Hector fand, dass er einem alten Filmschauspieler ähnlich sah. Und dieser Priester lebte die meiste Zeit in Afrika. Er begann zu erzählen, wie er vor langer Zeit, als er gerade in Afrika angekommen war, einem Krieger der Kikuyu begegnet war. (Petit Hector liebte dieses Wort, kaum dass er es gehört hatte.) Dieser Krieger kam von Zeit zu Zeit in die heilige Messe und blieb dann mit seiner Lanze ganz hinten in der Kirche stehen. Der Priester hatte ihn gefragt, weshalb er sich für die Religion unseres Herrn interessiere.

»Liegt es daran, dass unsere Gebote sagen, man solle nicht töten und nicht stehlen?«

»Nein, auch bei den Kikuyu verbietet es das Gesetz, unsere Kikuyu-Nachbarn zu töten oder zu bestehlen.«

»Liegt es daran, dass wir von einem Gott sprechen, der die Welt erschaffen hat?«

»Nein, auch in unserer Religion gibt es einen Gott, der die Welt erschuf.«

»Oder liegt es vielleicht daran, dass sich Jesus für unsere Sünden geopfert hat?«

»Nein, auch bei uns wird ein Mann, der sein Leben für die Rettung des Stammes opfert, als der beste von allen angesehen, und man wird ihm immer ein ehrendes Andenken bewahren.«

»Aber woran liegt es dann?«

»Na ja, deine Religion sagt doch Folgendes: Wenn ich am Wegesrand einen verletzten Kamba antreffe, der sich nicht mehr verteidigen kann – und die Kamba sind unsere Feinde, seit der Mond am Himmel hängt, sie sind schändliche Geschöpfe, die nicht an dieselben Dinge glauben wie wir –, dann muss ich, statt ihm den endgültigen Stoß zu geben, ihn versorgen und pflegen, denn er ist wie mein

Bruder. Und da sage ich mir, dass deine Religion nicht so ist wie die anderen.«

Und der Priester sagte weiter, dass unser Herr Jesus Christus es wolle, dass alle Männer und Frauen, unsere Feinde inbegriffen, wie unsere Brüder und Schwestern sind. Und dass dies schon in der Religion der Vorväter unseres Herrn ausgesprochen worden sei, denn bereits ein gewisser Levitikus habe angemerkt, man solle freundlich zu den Fremden sein, weil man ja in einem anderen Land genauso ein Fremder wäre.

Das brachte Petit Hector zum Nachdenken: Vorher hatte er gedacht, dass einzig und allein sein Land kein Ausland wäre, und plötzlich begriff er, dass es für die anderen Länder ebenso Ausland war.

Diese Geschichten mit WirsindalleBrüder fand Petit Hector sehr hübsch, aber was sollte man machen, wenn einen solche Brüder wie Victor angriffen? Da musste man sich wohl oder übel verteidigen. Er stellte sich vor, wie er den verletzten Victor am Wegesrand antraf, und er fragte sich, ob er ihn versorgen und pflegen würde oder ihm einfach den Schädel zerträte wie in dem Videospiel. Nein, vielleicht würde er sich tatsächlich um ihn kümmern, aber vorher würde er ihm sicherheitshalber eine Narkose geben.

Die beiden Priester redeten noch eine Weile weiter; sie schienen sehr froh zu sein, sich wiedergetroffen zu haben, sie hatten sich in ihren jungen Jahren gekannt, denn der Allsonntagspriester war vor langer Zeit ebenfalls in Afrika gewesen. Petit Hector sagte sich, dass die beiden sicher getan hatten, was sie konnten, aber wenn er im Fernsehen manchmal so sah, was in Afrika passierte … Die Geschichte mit WirsindalleBrüder musste ziemlich schwer zu begreifen sein. Vielleicht lag es ja daran, dass die Schwarzen mehr Mühe hatten als die Weißen, Jesus zu verstehen, weil der ja ein Weißer gewesen war, aber später sagte ihm sein Vater, dies sei nicht das Problem und selbst in den Ländern der Weißen, wo man die Religion von Jesus gut kannte, seien ebenso schreckliche Dinge passiert wie in Afrika und man habe Gefangene getötet und sogar Babys.

Am Abend schrieb Petit Hector in sein kleines Notizheft:

Kikuyu

Jesus will, dass wir die anderen wie Brüder oder Schwester lieben, sogar unsere Feinde.

Wenn unsere Feinde verwundet sind, ist es einfacher, sie zu lieben.

Wir sind alle Brüder, aber das ist schwer zu begreifen, sogar für die Weißen.

Letztendlich hatte die Idee, auf die ihn sein Vater gebracht hatte, gut funktioniert.

Seit Petit Hector, Guillaume, Binh, Orhan und Arthur zusammen zu Victor gegangen waren, hatte der Petit Hector nicht mehr behelligt, und er passte jetzt sogar auf, ihm oder seinen Freunden niemals zu nahe zu kommen.

So ein Bündnis schien viel besser zu funktionieren als WirsindalleBrüder, und hatten das vor langer Zeit nicht auch schon die Ritter der Tafelrunde begriffen?

Und das Lustige daran war, dass es inzwischen die ganze Klasse wusste – wenn jemand einem von ihnen blöd kam, kriegte er es mit den vier anderen zu tun. Und das war so gekommen:

Eines Tages hatten sich zwei Mädchen an Petit Hector gewandt; Amandine war leider nicht dabei, aber nette Mädchen waren es trotzdem. Sie waren sauer, weil zwei Jungs ihnen den Ball geklaut hatten, um selbst damit zu spielen. Die Jungen waren aus einer anderen Klasse, aber Petit Hector kannte sie; es waren zwei Brüder, die man immer nur im Doppelpack sah, zwei richtige Idioten, und sie zogen immer diese Art von Hosen an, die weit über die Schuhe hängen und von denen Petit Hectors Mutter nicht wollte, dass er sie sich in den Geschäften aussuchte.

»Schauen wir doch mal«, sagte Petit Hector, und die Fantastischen Fünf gingen zu den beiden Brüdern hinüber, die in einer Ecke spielten und lachten.

»Die Mädchen brauchen ihren Ball zurück«, sagte Petit Hector.

»Hä? Geht dich das etwa was an?«

»Nicht nur mich. Es geht uns alle fünf an.«

»Ja«, sagte Guillaume, »das tut es.«

»Ja«, sagte Binh, »sie müssen ihren Ball zurückbekommen.«

»Ja«, sagte Orhan, »und zwar sofort.«

»Genau«, sagte Arthur.

Die beiden Brüder schienen ein bisschen erstaunt zu sein, hatten aber aufgehört zu spielen. Schließlich warf der eine den Ball in Richtung Petit Hector, aber so, dass er ihn mitten ins Gesicht traf. Und da verpasste Guillaume dem Werfer einen Fußtritt, Orhan brachte ihn zu Fall, und obwohl er schon rief: »Aufhören! Aufhören!«, drosch Binh weiter auf ihn ein. Arthur sagte den anderen, dass es genug sei, denn die Pausenaufsicht würde sonst gleich Wind von der Sache bekommen.

Petit Hector tat die Nase ein bisschen weh, aber ein Glück, er hatte den Ball trotzdem gefangen, und sie gingen gemeinsam zu den Mädchen hinüber, um ihn abzuliefern. Als er den Ball überreichte, schauten ihn die Mädchen mit großen Augen an und sagten: »Aber du blutest ja!«

Da merkte Petit Hector, dass ihm ein bisschen Blut aus der Nase lief. Er sah, wie ihn die Mädchen anschauten, wenn auch leider nicht Amandine, aber er fühlte sich trotzdem stolz und meinte: »Ach, das ist weiter nichts. Tut nicht mal weh.«

Er war sehr zufrieden mit sich und fühlte sich wie ein Ritter, der seinen Verwundungen zum Trotz weiter gegen den Drachen kämpft. Langsam wurde er wie Hektor – der echte Hektor – oder wie Lancelot, den man in Filmen häufiger zu sehen bekam.

Am nächsten Tag kam eines der Mädchen zu ihm; sie hatte blonde Locken und hieß Claire und sagte zu Petit Hector: »Ich möchte deine Freundin sein.« Das war nett von ihr, aber Petit Hector legte keinen so großen Wert darauf, denn ihn interessierte ja Amandine, aber trotzdem sagte er Ja, und sie gab ihm ein Küsschen auf die Wange, woraufhin er rot wurde wie eine Tomate und sich sagte, dass die anderen es bestimmt gesehen hatten und sich nun über ihn lustig machen würden – aber nein, niemand hatte es gesehen.

»Na gut«, sagte er, »ich gehe jetzt wieder zu meinen Kumpeln.«

»Darf ich mitkommen?«

»Äh … nein. Wir sind alle Jungen.«

Und er sah, dass Claire ein bisschen enttäuscht war, aber na ja, sie musste es halt begreifen.

Petit Hector spürte, dass dies im Leben ein Problem sein konnte: Ein Mädchen möchte deine Freundin sein, aber du möchtest das nicht, aber gleichzeitig möchtest du der Freund eines anderen Mädchens sein, und es klappt nicht. Er fragte sich, ob sein Vater zu diesem Thema etwas zu sagen hatte.

Als er zu seinen Freunden hinüberging, blieb er plötzlich wie angewurzelt stehen. Ihm war gerade klar geworden, dass Claire ihn ungefähr so angeschaut hatte, wie Arthurs Mutter seinen Papa am Schultor anschaute. Vielleicht wollte ja auch sie die Freundin seines Papas werden?

Als Petit Hector daran dachte, bekam er es ein bisschen mit der Angst, und so rannte er schnell zu seinen Freunden, und sie begannen zu spielen.

Am Abend wollte er etwas in sein Notizbüchlein schreiben, aber es fiel ihm nichts ein.

Jedenfalls nichts, was er zu schreiben gewagt hätte.

Petit Hector hütet ein Geheimnis

Eines Abends aß sein Papa ganz allein am Küchentisch zu Abend, denn er war sehr spät nach Hause gekommen. Petit Hector hatte mit Maman schon längst gegessen, und nun hatte sie sich an ihren kleinen Schreibtisch im Wohnzimmer gesetzt, um zu arbeiten, denn sie musste am nächsten Tag eine Präsentation machen.

Wenn sein Papa allein in der Küche aß, las er dabei Zeitung. Eines Tages hatte er Petit Hector erklärt, dass es ihm, nachdem er von früh bis spät den Leuten zugehört und mit ihnen gesprochen hatte, am Abend ein bisschen schwerfiel, auch noch mit Petit Hector und seiner Maman zu sprechen und ihnen zuzuhören; sie sollten deswegen nicht böse auf ihn sein, sondern nur ein wenig abwarten, bis er sich erholt hatte.

Heute sah Petit Hector, dass sein Papa mit der Zeitung und dem Abendessen beinahe fertig war: Er aß gerade ein Stück Käse und goss sich den Rest aus der Weinflasche ein. Wahrscheinlich konnte man jetzt mit ihm sprechen, aber Petit Hector fragte sicherheitshalber: »Papa, kann ich mal mit dir reden?«

Sein Papa schaute ihn an, und Petit Hector merkte, dass es eine oder zwei Sekunden dauerte, bis er ihn wirklich sah.

»Aber natürlich, jetzt kann ich dir zuhören.«

»Ähm … also … möchte die Mutter von Arthur gern deine Freundin sein?«

Sein Papa saß plötzlich wie erstarrt da, und es war, als hätte Petit Hector ihn gar nicht leibhaftig vor sich, sondern nur ein großes Foto von ihm. Schließlich sagte er: »Was für eine komische Idee! Weshalb fragst du mich das?«

»Wenn ich euch am Schultor sehe, guckt sie dich immer so an ...«

»Ach wirklich?«, sagte sein Papa. »Hör zu, ich werde nächstes Mal darauf achten, aber du irrst dich ganz bestimmt. Im Übrigen hat Arthurs Mutter ja schon einen Mann.«

»Ja, aber vielleicht findet sie dich besser.«

Petit Hector wusste, dass so etwas vorkommen konnte. In seiner Klasse wohnte fast jeder zweite Schüler nicht mehr mit beiden Eltern zusammen, weil entweder der Vater oder die Mutter was Besseres gefunden hatten. So etwas nannte man eine Scheidung, und der Priester in der Kirche sagte, dass es eine Riesendummheit war. Ein andermal hatte Petit Hector gehört, wie sein Papa zu seiner Maman sagte: »Wenn es keine Scheidungen gäbe, hätte ich bloß noch halb so viel Arbeit.« Also sagte sich Petit Hector, dass Scheidungen etwas Gutes waren, denn so brauchte man keine Angst zu haben, dass sein Papa irgendwann arbeitslos wurde wie die Väter mancher Klassenkameraden. Aber natürlich wollte er nicht, dass so eine Scheidung seinem Papa und seiner Maman widerfuhr; er wagte nicht einmal, sich das auszumalen.

»Nein«, sagte sein Papa, »ich glaube nicht, dass sie mich besser findet.«

Aber Petit Hector fand, dass er ziemlich viel Zeit gebraucht hatte für die Antwort.

»Ja, du glaubst das vielleicht nicht, aber wenn sie dich trotzdem besser findet?«

»Nein, sie unterhält sich einfach nur gern mit mir.«

Und du siehst auch so aus, als würdest du dich ziemlich gern mit ihr unterhalten, dachte Petit Hector, aber er wagte nicht, es auszusprechen.

»Auf jeden Fall bin ich sehr glücklich mit deiner Maman«, sagte sein Papa, »eine bessere Frau werde ich niemals finden, und deshalb werden wir immer zusammenbleiben. Verstehst du?«

»Ja!«, sagte Petit Hector.

Diese Worte hatten ihn beruhigt; sein Vater war schließlich ein Mann, der immer recht hatte; Petit Hector erinnerte sich, wie er ihm zugehört und dabei herausgefunden hatte, wie er Victor Angst machen konnte; er hatte einfach den stärksten Papa der Welt.

Aber dann sagte sein Papa: »Hör mal, Petit Hector, sag Maman nichts von Arthurs Mutter. Sie würde sich grundlos Sorgen machen, und das wäre schade. Es ist ein Geheimnis von uns beiden, einverstanden?«

»Einverstanden«, sagte Petit Hector.

»Ein Geheimnis, das unter Männern bleibt, okay?«

»Okay«, sagte Petit Hector, und er und sein Papa klatschten sich ab, wie es im Fernsehen die Basketballer machen.

Aber hinterher, und das war seltsam, fühlte er sich nicht mehr so beruhigt.

Als er im Bett lag, fand er keinen Schlaf.

Gerade weil er die hübscheste Maman und den stärksten Papa der Welt hatte, konnte es doch bestimmt passieren, dass die Leute sie besser fanden als den Ehemann oder die Ehefrau, die sie schon zu Hause hatten.

Und sollte er mit seiner Maman nicht doch über die Sache mit seinem Papa und der Mutter von Arthur reden?

Es war nicht gut, ein Versprechen, das er seinem Papa gegeben hatte, nicht zu halten, aber Petit Hector fühlte ganz deutlich, dass es auch nicht gut war, seiner Maman etwas zu verheimlichen.

Wenn er seiner Maman alles erzählte, dann konnte sie doch besser aufpassen, damit sein Papa bei ihr blieb, und Arthurs Mutter würde es nicht gelingen, ihn wegzuschnappen, selbst wenn sie es sehr wollte.

Aber andererseits würde es seiner Maman bestimmt viel Kummer und Sorgen bereiten, und vielleicht ohne Grund, denn sein Papa hatte ihm ja gesagt, dass Arthurs Mutter niemals seine Freundin sein würde.

Und wenn er seiner Maman alles erzählte, wäre sein Papa hinterher böse auf ihn und würde ihm nie wieder ein Geheimnis verraten …

Am Ende beschloss Petit Hector, am besten gar nichts zu sagen. Es war ein bisschen gemein, vor seiner Maman etwas zu verbergen, aber das Gegenteil würde vielleicht noch mehr Schaden anrichten.

Plötzlich wurde Petit Hector bewusst, dass er gerade an die Konsequenzen gedacht hatte! Seinen Papa hätte das bestimmt unheimlich gefreut!

Aber wäre seine Maman auch so froh darüber gewesen?

Er knipste die Lampe an, griff nach dem kleinen Notizheft und schrieb:

Alle Leute froh zu machen, ist sehr schwer, man kriegt das nicht hin.

Dann legte er sich wieder schlafen, und im Dunkeln flüsterte er ein kleines Gebet:

Lieber Gott, mach, dass mein Papa und meine Maman immer zusammenbleiben.

Petit Hector ist verliebt

Schließlich kam der Tag, an dem Petit Hector Amandine begegnete. Es ist schwer zu sagen, ob er zu ihr hingegangen war oder sie zu ihm, aber jedenfalls standen sie jetzt in einer Ecke des Pausenhofs, und Petit Hectors Freunde waren in Reichweite und ein paar Freundinnen von Amandine auch.

»Claire ist also deine Freundin …«, sagte Amandine mit fragendem Unterton und schaute ihn mit ihren schönen blauen Augen an.

»Claire? Gar nicht. Aber sie ist nett.«

Petit Hector wusste nicht, was er noch sagen sollte. Er spürte, dass es ihn richtiggehend lähmte, wenn er Amandine ganz aus der Nähe sah; er war ungefähr so erstarrt wie sein Papa, als er ihm die Frage mit Arthurs Mutter gestellt hatte.

»Sie hat gesagt, dass sie deine Freundin ist.«

»Ach, vielleicht hätte sie das gern, aber für mich ist sie einfach nur wie ein Kumpel.«

»Ah«, sagte Amandine.

Petit Hector hatte den Eindruck, dass auch Amandine nicht so richtig wusste, was sie sagen sollte. Schließlich meinte er: »Du hast schöne Augen, weißt du das?«

»Ah«, sagte Amandine wieder, und sie lachte kurz auf, aber Petit Hector sah ganz deutlich, dass sie sich nicht über ihn lustig machte.

Sein Papa hatte wirklich recht, man muss aussprechen, was man denkt. Sie gingen ein Stück gemeinsam.

»Magst du Geschichten mit Aliens?«, wollte Petit Hector wissen.

»Oh, nicht so besonders.«

»Auf jeden Fall könnte ich dich verteidigen, wenn dich ein Alien angreift.«

»Das ist nett von dir.«

Petit Hector hätte es zwar lieber gehört, wenn Amandine gesagt hätte: »Du bist wirklich stark« oder: »Du hast eine Menge Mut«, aber immerhin war es kein schlechter Anfang.

»Darf ich dir einen Kuss geben?«, fragte er.

In diesem Augenblick hörte Amandine, wie ihre Freundinnen nach ihr riefen.

»Ich muss jetzt gehen«, sagte sie.

»In Ordnung«, sagte Petit Hector, obwohl er es nicht wirklich in Ordnung fand.

Amandine schenkte ihm einen letzten Blick aus ihren schönen Augen, und dann ging sie zu ihren Freundinnen hinüber.

»Ist sie deine Freundin?«, fragte Orhan, der wieder zu Petit Hector getreten war.

»Wär schon schön«, sagte Petit Hector.

»Mit den Mädchen ist es wirklich kompliziert«, meinte Orhan.

»Ja«, sagte Petit Hector, und er fühlte, dass er gut begonnen hatte mit »Du hast schöne Augen, weißt du das?« und so, aber dann hatte er irgendwie den Faden verloren, wie auch immer das geschehen war.

Am Abend saß er mit seinem Papa in der Küche.

Sein Papa ließ die Zeitung sinken und schaute Petit Hector an.

»Und, hast du mit Amandine gesprochen?«

»Ja.«

Petit Hector erzählte, wie es gewesen war.

»Sehr gut«, sagte sein Papa.

»Wieso? Es war überhaupt nicht sehr gut!«

»Aber doch, du hast dich getraut, mit ihr zu sprechen. Ich bin stolz auf dich.«

»Ja, aber sie ist nicht richtig meine Freundin, ich habe sie nicht geküsst.«

»Man darf auch nichts überstürzen«, sagte sein Papa.

»Ich finde, ich habe es vermasselt.«

Sein Papa dachte ein wenig nach. Dann erklärte er, dass es mit den Mädchen ein bisschen so war wie mit allen Dingen, mit Fußball beispielsweise; man musste die Sache erlernen, und beim ersten Anlauf konnte noch nicht alles klappen.

»Ja, aber wie hätte ich es besser machen können?«

»Vielleicht hättest du als Erster gehen sollen. Du hättest ihr sagen können, dass du jetzt wieder zu den anderen rübermusst.«

»So, wie sie es gemacht hat.«

»Genau, und dann hätte sie dir nachschauen müssen.«

Sein Papa war wirklich der stärkste der Welt – er hatte erraten, dass Petit Hector dagestanden und der sich entfernenden Amandine lange nachgeblickt hatte.

Vor dem Schlafengehen dachte er noch einmal über alles nach. Er erinnerte sich, dass ihm sein Papa gesagt hatte, man könne es lernen, mit den Mädchen zu sprechen, so wie man das Fußballspielen lernt. Aber plötzlich verspürte Petit Hector eine große Unruhe: Er wusste, dass manche Jungs schon von Anfang an sehr gut im Fußballspielen waren, so zum Beispiel Guillaume, und dass andere niemals so richtig gut sein würden, er selbst beispielsweise. Wenn das nun mit den Mädchen ähnlich lief?

Aber man sollte, wie es ihm seine Maman beigebracht hatte, besser die gute Seite der Dinge sehen:

Es war ihm gelungen, mit Amandine zu sprechen.

Sein Papa war stolz auf ihn.

Er hatte etwas darüber gelernt, wie man mit Mädchen redet.

Er nahm sein kleines Heft und notierte:

Wenn man mit den Mädchen sprechen will, muss man als Erster weggehen.

Und dann überlegte er noch ein wenig, und es kam ihm eine Idee, die gar nichts mit der guten Seite der Dinge zu tun hatte. Wenn es darum ging, mit den Frauen zu sprechen, war sein Papa ganz bestimmt der stärkste Mann der Welt; sollte er also eines Tages Lust darauf kriegen, dass Arthurs Mutter seine beste Freundin wird, dann würde das zwangsläufig auch so kommen!

Das beunruhigte Petit Hector so sehr, dass er lange nicht einschlafen konnte.

Petit Hector macht es wie die Ritter

In der Schule lief es für Petit Hector und seine Freunde jetzt eher gut. Die Mädchen, für die sie den Ball zurückgeholt hatten, brachten ihnen Karamellstangen mit. Über die Karamellstangen freuten sie sich sehr, aber mehr noch darüber, dass ihnen Mädchen etwas geschenkt hatten.

Eines Tages gab es zwischen drei Jungen einen Streit.

»Die haben mir mein Auto weggenommen!«, rief Aurélien, ein kleiner Junge mit Brille, der immer schnell weinte, als wäre er noch ein Kleinkind, und auch jetzt kullerten ihm wieder Tränen übers Gesicht. Im Unterricht war er sehr gut, aber sonst war nicht viel los mit ihm.

»Wie ist das passiert?«, fragte Petit Hector.

»Bloß weil er so 'ne Flasche ist«, sagte einer von den anderen Jungen. »Er hat verloren, da ist er sein Auto halt los.«

Petit Hector kannte diesen Jungen; er hieß Gérard und hatte immer die schönsten Sportschuhe; sein Vater fuhr einen dicken Schlitten. Beim Murmeln war Gérard auch sehr stark. Petit Hector begriff, was geschehen war: Der arme Aurélien hatte sein Auto beim Murmelspiel als Einsatz gegeben, und natürlich hatten ihn die anderen klar besiegt. Aurélien war wirklich so was von unclever, und man spürte, dass er sich so sehr danach sehnte, Freunde zu haben, dass er vielleicht auch zugestimmt hätte, seine kleinen Autos zu setzen, wenn Guillaume vorgeschlagen hätte, sich mit ihm im Elfmeterschießen zu messen, oder wenn Orhan mit ihm gewettet hätte, wer als Erster zu Boden geht!

Die anderen hatten das ausgenutzt.

»Ja, die Flasche hat verloren, da ist es normal, wenn wir seine Autos nehmen!«

Das sagte ein Kumpel von Gérard, einer, der ihm überallhin nachrannte, aber Petit Hector hatte schon gemerkt, dass Gérard der Chef von den beiden war.

»Aber wie viele Autos habt ihr ihm denn weggenommen?«, wollte Petit Hector wissen.

»Geht dich das vielleicht was an?«, fragte Gérard.

»Ja«, sagte Orhan.

»Allerdings«, sagte Guillaume.

»Jawohl«, sagte Binh, »das geht uns was an.«

»Genau«, sagte Arthur.

Schließlich verlangte Petit Hector von Gérard, er solle Aurélien zwei von den drei Autos zurückgeben. Er fand es normal, dass Aurélien ein Auto einbüßte; es würde ihm eine Lehre sein, bei nächster Gelegenheit nicht wieder mit Jungen Murmeln zu spielen, die es besser konnten als er.

»Und wehe, ihr nehmt sie ihm wieder weg«, sagte Petit Hector zu Gérard und seinem Kumpel. »Dann kriegt ihr es mit uns zu tun.«

Gérard und sein Kumpel trotteten davon und sahen nicht sehr zufrieden aus.

Danach suchte Aurélien immerzu ihre Nähe; er wollte überhaupt nicht mehr von ihnen weichen. Das war ein bisschen ärgerlich, denn sie waren schließlich die Fantastischen Fünf, und Aurélien hatte so gar nichts Fantastisches an sich, außer vielleicht für die Lehrer. Es war ungefähr so, als ob jemand Ritter der Tafelrunde werden wollte, der ein Schwert nicht einmal halten konnte! Am nächsten Tag gab Aurélien jedem von ihnen zwei kleine Autos, und da beschlossen sie, dass er ihnen beim Spielen zuschauen durfte.

Nach der Sache mit dem Ball der Mädchen und der mit dem Auto von Aurélien begann es anders zu laufen. Jetzt kamen die anderen zu den Fantastischen Fünf, um sich bei ihnen zu beklagen, wenn jemand ihnen Kummer bereitet hatte.

Jemand hatte sie geschlagen, hatte ihnen Spielzeug geklaut oder sie angespuckt; man hatte sich einen Spaß daraus gemacht, sie zu stoßen und ihnen ein Bein zu stellen, hatte ihnen den Ball mitten ins Gesicht geworfen, sie untenrum angegrapscht oder ausgelacht, weil sie dick waren oder kleiner als die anderen oder weil sie stotterten oder weinten, weil sie eine Brille trugen oder ein Hörgerät, weil sie im Unterricht zu mies waren oder zu gut, weil sie nicht die Klamotten oder Schuhe hatten, die man haben musste, weil ihr Papa oder ihre Maman zu dick waren oder nicht die richtige Hautfarbe hatten oder blöd aussahen.

Dann holten die Fantastischen Fünf Erkundigungen ein, und hinterher sprachen sie Verwarnungen aus: Wenn so etwas wieder geschah, werde man es mit ihnen zu tun kriegen! Und das funktionierte wirklich. Arthur sagte, dass sie jetzt wie die Ritter der Tafelrunde waren: Sie verteidigten jene, die sich nicht selbst verteidigen konnten.

Petit Hector, Binh, Orhan und Guillaume fanden, dass dies ein sehr guter Einfall war, und begannen sich auch gleich Ritternamen auszusuchen, aber am Ende klangen diese Namen ein bisschen seltsam, und so behielten sie lieber ihre eigenen.

Und dazu kam noch, dass sie abends mit immer mehr Spielzeugautos, Karamellstangen, Fußballstickern oder Computerspielen aus der Schule heimkehrten, bisweilen sogar mit einem Paar Sportschuhen, Kulis in allen möglichen Farben und vielen anderen Dingen, die ihnen Vergnügen machten.

Petit Hector bemerkte, dass ihnen jetzt auch mehr Mädchen hinterherguckten, sogar Amandine.

Am Abend erstellte er in seinem Notizbüchlein eine Liste von all den Dingen, die er und seine Freunde geschenkt bekommen hatten, seit sie es wie die Ritter machten. Und er vergaß auch den Kugelschreiber nicht, mit dem er gerade schrieb und der so aussah, als wäre er aus purem Gold, und den Namen einer Bank eingraviert hatte. Der

Stift war nämlich ein Geschenk von Aurélien, der erzählt hatte, dass sein Papa in dieser Bank arbeitete.
Dann schrieb Petit Hector:

Wenn man es wie die Ritter macht, wird man gut dafür belohnt.

Und dabei hatten sie die anderen nur verteidigt, um gute Taten zu vollbringen, um wie die Ritter die richtigen Regeln zu befolgen, die Regeln des Guten, die seine Maman so liebte. Und schau an, zu alledem hatte es noch gute Konsequenzen, und das fand sein Papa richtig!
Petit Hector sagte sich also, dass es ihm diesmal gelungen war, sowohl seinem Papa als auch seiner Maman eine Freude zu machen!
Darüber freute er sich so sehr, dass er gar nicht richtig einschlafen konnte.

Petit Hector lernt, was Rechtsprechung ist

Alles lief wunderbar für Petit Hector und seine Freunde, aber eines Abends kam seine Maman mit einer merkwürdigen Miene nach Hause.

»Wir müssen mal über etwas reden«, sagte sie zu seinem Papa.

Petit Hector spielte mit seinem Vater gerade Dame, und meistens durfte er gewinnen.

»In Ordnung.«

Dann redeten sein Vater und seine Mutter im Wohnzimmer miteinander, und natürlich lag Petit Hector oben auf dem Treppenabsatz flach auf dem Bauch, um alles mitzuhören.

»Dein Sohn erpresst von seinen Klassenkameraden Schutzgeld«, sagte seine Maman.

»Ach ja, ich habe mich auch schon gewundert, dass er neuerdings Spielsachen hat, die wir ihm gar nicht gekauft haben ...«

»Ist das alles, was dir dazu einfällt?«, fragte seine Maman in leicht gereiztem Ton.

Daraufhin schlich Petit Hector lieber in sein Zimmer, denn es machte ihm immer ein wenig Angst, wenn er seine Eltern streiten hörte.

Er begann mit seiner neuen Kollektion von Miniautos zu spielen, aber dabei konnte er immer noch hören, wie seine Eltern ein bisschen laut miteinander redeten, und so startete er lieber ein neues Videospiel, das er von einem Jungen, der schielte, geschenkt bekommen hatte. Es war sehr vergnüglich: Man musste so viele feindliche Soldaten wie möglich töten, und zwar so schnell wie möglich, und dafür gab es alle Arten von Waffen – Pistolen, Maschinenpistolen, Sturmgewehre, Raketenwerfer, Maschinengewehre, Handgranaten und sogar einen Flammenwerfer, der die Feinde in ganz verkohlte Dinger verwandelte, die ein bisschen aussahen wie Würstchen, die man zu lange auf dem Grill gelassen hat. Ob sich auch die Ritter der Tafelrunde eines Flammenwerfers bedient hätten, oder hätten sie vielleicht gemeint, das verstoße gegen die Regeln? Andererseits waren Drachen ja auch so etwas wie Flammenwerfer auf Beinen und sogar mit Flügeln.

Am Ende saß Petit Hector mit seinen Eltern vor dem Direktor, dem Klassenlehrer und der Frau Schulpsychologin.

Er hatte keine Angst, denn er fühlte, dass er keine Dummheit begangen hatte, und es regte ihn sogar ein bisschen auf, dass er schon wieder alles von vorn berichten musste.

»Und ihr habt von euren Mitschülern nie verlangt, dass sie euch Spielzeug geben?«, fragte der Direktor.

»Nein«, sagte Petit Hector, »sie haben es uns geschenkt.«

»Aber für welche Gegenleistung?«

»Damit wir sie vor den Bösen schützen«, sagte Petit Hector.

»Ihr habt sie also geschützt, wenn sie euch Geschenke gemacht haben?«

»Nein, sie haben uns schon vorher darum gebeten.«

»Haben sie euch die Geschenke davor oder danach gegeben?«, fragte der Klassenlehrer.

»Danach«, sagte Petit Hector.

Er verstand nicht so richtig, weshalb das wichtig sein sollte, vorher oder hinterher, und dann fiel ihm ein, dass ihnen in letzter Zeit manche Schüler auch im Voraus Spielzeug gegeben hatten, damit sie beschützt wurden.

»Na ja, hin und wieder haben sie uns auch vorher was gegeben.«

»Achtung, Petit Hector«, sagte seine Maman, »das ist ein wichtiger Punkt.«

»Ja, die einen gaben uns was, nachdem wir sie beschützt hatten, und andere, als sie uns darum baten, etwas für sie zu tun.«

»Was denn zum Beispiel?«, wollte der Klassenlehrer wissen.

»Dass die anderen ihnen nicht mehr blöd kommen, dass sie nicht mehr ausgelacht werden, dass man ihnen ihre Sachen nicht mehr wegnimmt, dass sie keine Schläge mehr bekommen.«

»Was bei uns aber sehr selten passiert«, sagte der Direktor in gereiztem Ton.

»Es passiert andauernd«, sagte Petit Hector. »Manche haben uns sogar was geschenkt, weil sie es satthaben, dass man sie immer angrapscht.«

»Oh«, sagte die Frau Schulpsychologin, »kommt so etwas oft vor?«

»Nicht sehr oft, aber manchmal schon. Bei den Toiletten.«

»Aber warum erzählen die Kinder das nicht?«

»Sie haben Angst, dass man sich über sie lustig macht«, sagte Petit Hector. »Oder dass sie hinterher Schläge bekommen, weil sie gepetzt haben.«

»Na gut«, sagte der Direktor. »Du gibst also zu, dass du von deinen Kameraden Spielzeug verlangt hast, um ihnen einen Gefallen zu tun.«

»Nein«, sagte Petit Hector, »verlangt habe ich nie welches.«

»Einige Eltern behaupten jedenfalls etwas anderes«, sagte der Direktor.

»Mein Sohn hat gesagt, dass seine Schulkameraden ihm Spielzeug geschenkt haben«, sagte Petit Hectors Papa, »und nicht, dass er es von ihnen gefordert hat.«

»Wie auch immer«, sagte der Direktor, »ein solches Verhalten ist in unserer Einrichtung inakzeptabel.«

»Genauso wie es inakzeptabel ist, dass Schüler sexuell

belästigt werden und solche Vorkommnisse dem Aufsichtspersonal entgehen.«

Eine ganze Weile sagte niemand mehr etwas. Petit Hector sah, dass sein Papa und der Direktor einander anschauten und dabei nicht sehr fröhlich aussahen. Der Direktor war puterrot geworden.

»Petit Hector«, fragte die Frau Schulpsychologin, »kennst du die Mitschüler, die die anderen untenherum anfassen wollten?«

»Ja, klar.«

»Könntest du mir sagen, um wen es sich handelt?«

»Wenn mein Sohn an einer Art Untersuchung teilnimmt«, sagte sein Papa, »dann können wir uns, denke ich, darauf verständigen, dass er damit seiner Schule weiterhilft.«

Der Direktor machte eine Grimasse, als müsste er sich sehr anstrengen, aber schließlich sagte er: »Ja, so können wir das betrachten.«

»Gut«, sagte Petit Hectors Papa. »Und natürlich sind wir uns alle darüber einig, dass dieses Problem mit Diskretion behandelt wird.«

»Natürlich«, sagte der Direktor.

»Ich freue mich, dass wir uns da verstehen«, sagte Petit Hectors Papa und lächelte.

Und da sah Petit Hector, dass seine Maman seinen Papa mit einem merkwürdigen Blick anschaute, ein wenig so, als wäre sie zur gleichen Zeit froh und nicht froh, als wäre sie ein bisschen zornig und hätte gleichzeitig gern losgelacht.

Der Direktor fragte, ob Petit Hector wisse, welche Jungen die anderen schlugen, auslachten oder sogar angrapschten.

Natürlich kannte er sie, es waren ja immer dieselben, Victor beispielsweise oder Gérard oder noch ein paar, die meistens größer waren als die anderen. Und dann gab es viele, die alles nachmachten, um sich gut mit ihnen zu stellen, obwohl sie im Grunde keine üblen Typen waren.

Aber Petit Hector hatte keine Lust, Namen zu nennen; er spürte, dass es ihm Scherereien einbringen könnte. Er dachte an Victors großen Bruder mit seiner Goldkette um den Hals.

»Ich möchte eigentlich nicht darüber sprechen«, sagte Petit Hector.

»Mein Sohn möchte nicht darüber sprechen«, sagte sein Vater. »Und außerdem ist es, glaube ich, auch nicht seine Aufgabe, Klassenkameraden zu denunzieren. Entweder sollen sich die Opfer beschweren, oder die Pausenaufsicht soll ihre Arbeit machen.«

»Aber ja«, sagte der Direktor, »aber ja.«

»Und überhaupt«, sagte Petit Hectors Vater, »wenn ich mir nur ansehe, welche Eltern sich beschwert haben …«

Und Petit Hector sagte sich, dass er wirklich den stärksten Papa der Welt hatte.

Am Ende machte man Petit Hector klar, dass er und seine Freunde die Geschenke der anderen nicht mehr annehmen durften.

»Auch nicht, wenn sie uns unbedingt was schenken wollen?«, fragte Petit Hector.

»Auch dann nicht«, sagte die Frau Schulpsychologin.

»Aber wieso denn nicht?«

»Weil ihre Eltern damit nicht einverstanden wären«, sagte der Direktor.

»Versprichst du es uns?«, fragte seine Maman.

Petit Hector fand das alles ein bisschen verrückt, aber weil er spürte, dass es eine wichtige Versammlung war und sein Vater und seine Mutter sich Sorgen zu machen schienen, sagte er, er verspreche es.

Hinterher redeten alle noch ein wenig miteinander, und der Direktor sagte, dass man seiner Ansicht nach zu einer gerechten Entscheidung gelangt sei, und Petit Hectors Eltern stimmten zu.

Dann saß Petit Hector mit seinen Eltern wieder im Auto.

»Ich bin stolz auf dich, Petit Hector«, sagte sein Papa.

»Hector!«, rief die Maman.

»Aber Chérie, so etwas nennt man *protection business*; es ist das Grundprinzip der Feudalgesellschaft. Ich bin dein Herr, ich beschütze dich, und als Gegenleistung gibst du mir einen Teil von deiner Ernte. Die gesamte europäische Aristokratie hat so angefangen.«

»Und die Mafia auch, oder?«, entgegnete Maman.

Daraufhin sagte sein Papa eine Weile gar nichts mehr.

»Warum ist Papa stolz auf mich?«, fragte Petit Hector.

»Weil du bereit warst, die Geschenke zurückzugeben«, sagte seine Maman.

»Und ich werde also nicht bestraft?«

»Nein.«

»Und warum nicht?«

»Weil es der Direktor so entschieden hat«, sagte seine Maman. »Das nennt man Rechtsprechung.«

»Ich habe ihm ein bisschen geholfen bei dieser Rechtsprechung«, sagte sein Papa.

»Hector!«, sagte Maman.

»Hör mal, ich glaube, unser Sohn soll ruhig begreifen, dass bei der Rechtsprechung alles eine Frage des Kräfteverhältnisses ist.«

»Aber das stimmt doch nicht«, sagte seine Maman, »es gibt auch so etwas wie Gerechtigkeit, Petit Hector hat schließlich nichts Böses getan.«

»Das ist nicht immer ausreichend«, sagte sein Papa, »wozu brauchten wir sonst Rechtsanwälte?«

»Die im Übrigen sogar die Schuldigen verteidigen.«

»Das ist schließlich ein Recht, ein Bestandteil unserer Rechtsordnung.«

Dann merkten sie, dass sie gerade ein bisschen laut geworden waren und Petit Hector sich beunruhigte, und so hörten sie lieber auf und sagten nur noch, wie froh es sie machte, dass alles zu solch einem guten Ende gekommen war.

Am Abend schrieb Petit Hector in sein Notizbuch:

Rechtsprechung ist, wenn am Ende alle einverstanden sind und man nicht bestraft wird.

Wenn man unschuldig ist, wird man nicht bestraft, falls man einen Rechtsanwalt hat.

Bei der Rechtsprechung ist alles eine Frage des Kräfteverhältnisses.

Diesen Satz verstand er nicht so richtig, aber er wollte sich ihn lieber erklären lassen, wenn seine Maman mal nicht dabei war. Allmählich wurde ihm nämlich immer klarer, dass ein Vater und eine Mutter nicht dieselbe Sicht auf die Dinge hatten!

Später dachte er noch einmal darüber nach und erinnerte sich, dass der Anfang dieser ganzen Geschichte sein Streit mit Eugène gewesen war, der geglaubt hatte, Petit Hector würde sich über seine Mutter lustig machen. Oder eigentlich hatte es noch früher begonnen – als er mit seinem Papa über die Verdienste gesprochen hatte und der ihm erklärt hatte, dass die Leute keine Schuld daran hätten, wenn sie so waren, wie sie waren, weil sie das entweder schon mit auf die Welt bekommen oder sich wegen ihrer Eltern so entwickelt hatten.

Und so notierte er in seinem Büchlein:

Die Sache mit »Wer hat ein Verdienst an was oder nicht?« kann eine Menge Konsequenzen haben.

Petit Hector und Amandine

Das Leben hatte sich jetzt ein wenig geändert für Petit Hector und seine Freunde. Die anderen machten ihnen keine Geschenke mehr, denn der Lehrer hatte ihnen das im Unterricht erklärt; Schüler durften einander nichts mehr schenken.

Von den Fantastischen Fünf hatte der Lehrer nicht gesprochen, aber jeder hatte verstanden, dass es um sie ging. Er hatte auch gesagt, dass an der Schule alle nett zueinander sein müssen, statt die Mitschüler zu schlagen oder zu hänseln, und an den Pimmel dürfe man erst recht niemanden fassen. Später im Leben sei das schließlich auch so, und in der Schule müsse man lernen, in einer Gemeinschaft zu leben.

Petit Hector fand, dass es nicht viel brachte, wenn man all das wieder und wieder erzählte, und er sagte sich, dass die Fantastischen Fünf noch jede Menge zu tun bekommen würden. Aber so war es am Ende gar nicht, denn auf dem Pausenhof gab es außer der Aufsicht plötzlich noch einen neuen Herrn in einer Uniform, die ein bisschen so aussah wie die von der Polizei. Er schien ganz nett zu sein, passte aber trotzdem noch schärfer auf als die normale Pausenaufsicht – und ganz besonders in der Umgebung der Toiletten. Also hatten die Bösen wie Victor oder Gérard nicht mehr groß Gelegenheit, die anderen zu schlagen oder sich über sie lustig zu machen, und einmal war Victor sogar im Büro des Direktors gelandet, weil er den kleinen Aurélien umgestoßen hatte, und der neue Aufpasser hatte es gesehen.

Also gab es für die Fantastischen Fünf sehr bald keine

Arbeit mehr, aber eigentlich war das nicht schlimm, denn gute Freunde blieben sie trotzdem.

Diese ganzen Geschichten hatten Petit Hector ziemlich in Anspruch genommen, aber sie hinderten ihn nicht daran, an das Wichtigste zu denken – an Amandine. Er hatte Fortschritte gemacht: Inzwischen konnte er Amandine »Hallo« sagen, wann er wollte, und sie antwortete ihm. Aber mehr passierte auch nicht. Er wusste nicht recht, was er ihr außerdem noch sagen sollte; er konnte mit ihr schließlich nicht über irgendwelche Spiele reden wie Arthur, und er spürte, dass auch ihr das klar war.

Und so schaute er Amandine immer hinterher, und von Zeit zu Zeit blickte auch sie zu ihm hinüber, wenn sie mit ihren Freundinnen spielte, aber er wusste nicht, wie er es anstellen sollte.

Und dann war da noch Claire. Sie kam andauernd zu ihm herüber, beinahe jeden Tag, und er merkte, dass sie ihn fast so sehr liebte wie er Amandine, aber für ihn war sie einfach nur ein Mädchen, also nicht besonders interessant, wenn man nicht gerade verliebt ist.

Claire wollte wissen, was Petit Hector gern hatte, was er las und was sein Vater machte. Sie versuchte sogar, Geschichten zu erzählen, die genauso spannend waren wie die von Petit Hector und seinen Freunden erfundenen, und manchmal schaffte sie das auch, aber na ja, es reichte nicht aus, um mit in die Truppe aufgenommen zu werden. Sie hatte auch versucht, mit ihnen Ball zu spielen, aber als sie gesehen hatte, dass Petit Hector nicht der beste war, hatte sie damit aufgehört.

»Bah, ist das eine Klette!«, sagte Guillaume.

»Ach«, meinte Petit Hector, »sie ist wirklich nett.«

»Äh, ja«, sagte Binh, »… sie ist sympathisch.«

»Mit ihren blonden Haaren ist sie richtig schön«, sagte Arthur.

Und Petit Hector merkte, dass vielleicht Arthur in Claire verliebt war. Aber das war wirklich schade, denn er sah auch, dass Arthur für Claire nur so ein Kumpel war, und auch wenn er von den Fantastischen Fünf die meiste Zeit mit den Mädchen verbrachte, hatte er noch keine richtige Freundin.

»Hübsch ist sie, das stimmt«, meinte Orhan, »aber sie muss immer dazwischenquatschen.«

»Ist halt ein Mädchen«, befand Binh.

Und Petit Hector konnte dem nur zustimmen, denn es erklärte alles.

In diesem Augenblick sahen sie die große Ngoc mit ihrem dicken Pferdeschwanz aus schwarzen Haaren vorübergehen, und Binh sagte eine Weile überhaupt nichts mehr.

Petit Hector fand, dass es kompliziert war für Binh. Man hatte es schon schwer genug, wenn man in Amandine verliebt war und nicht wusste, wie man es anstellen sollte, aber in ein Mädchen verliebt zu sein, das mindestens zwei Jahre älter war!

Schließlich gelang es Petit Hector doch noch, sich ein wenig mit Amandine zu unterhalten.

Sie redete gerade mit anderen Mädchen, aber Petit Hector wagte es, sich ihr trotzdem zu nähern.

»Hallo«, sagte er.

»Hallo«, sagte Amandine.

Alle anderen Mädchen fingen zu kichern an. Petit Hector spürte, wie er ganz rot wurde. Aber weil sein Papa, der stärkste Vater der Welt, ihm ja gesagt hatte, dass man mit den Mädchen niemals Angst haben durfte und immer das sagen sollte, was man dachte, sagte er: »Ich wollte dir nur Hallo sagen und ein bisschen mit dir reden.«

»In Ordnung«, sagte Amandine.

Sie begannen quer über den Schulhof zu gehen, und Petit Hector hatte den Eindruck, sämtliche Schüler würden auf ihn und Amandine starren und sogar der neue Aufpasser mit der Uniform und Petit Hectors Freunde und Amandines Freundinnen sowieso.

»Wie geht es dir so?«, fragte Petit Hector.

»Na ja, ganz gut.«
»Verstehst du dich gut mit deinen Eltern?«
»Ja«, sagte Amandine. »Vor allem mit meiner Maman.«
»Und mit deinem Vater?«
»Er ist nicht oft zu Hause.«
»Ach so? Warum nicht?«
»Er sagt, er hat zu viel Arbeit.«
»Also mein Papa ist jeden Abend zu Hause.«
»Sei froh«, sagte Amandine.

Petit Hector sah, dass Amandine ein bisschen traurig war, als sie das sagte.

»Wenn ich mit dir verheiratet wäre, würde ich jeden Abend zu Hause sein.«

»Echt?«, sagte Amandine.

»Ja, und ich würde dir sogar Kaffee und Kuchen machen.«

»Echt?«

Und Petit Hector spürte, dass sie sich darüber freute. Er war zufrieden, denn anders als beim letzten Mal hatte er sich nicht in eine Konversation über Aliens verstrickt.

»Und dann würden wir kuscheln und uns küssen«, sagte er.

Das war ihm einfach rausgerutscht, aber gleich danach war es ihm peinlich, so etwas gesagt zu haben. Amandine aber schien es nicht schlimm zu finden.

»Du bist so lieb«, sagte sie und schaute ihm in die Augen.

Und als Petit Hector Amandines Gesicht so nahe an seinem Gesicht sah, wollte er ihr ein Küsschen geben, aber sie machte einen kleinen Schritt rückwärts.

»Hör auf! Alle gucken auf uns!«

Das stimmte auch, aber Petit Hector hatte es gerade ein wenig vergessen. Sie gingen weiter nebeneinander her. Petit Hector spürte, dass sein Herz sehr heftig schlug.

»Kuscheln und Küssen und so – hast du das schon mit Claire gemacht?«, wollte Amandine wissen.

»Nein. Mit Claire habe ich keine Lust.«

Amandine entgegnete darauf nichts, aber Petit Hector merkte, dass sie sich über seine Antwort freute.

»Na schön«, sagte sie, »ich muss jetzt wieder gehen.«

»Okay«, sagte Petit Hector.

Und sie ging wieder zu ihren Freundinnen hinüber. Ach Mist, sagte sich Petit Hector, er hatte nicht daran gedacht, dass man doch immer als Erster weggehen sollte! Er fühlte sich wirklich wie eine Pfeife.

Als er zu seinen Freunden ging, versuchte er, die gute Seite der Dinge zu betrachten. Immerhin hatte er Amandine gesagt, dass er sie küssen wollte, und das waren auch genau seine geheimen Gedanken gewesen!

Seine Freunde sahen ihn herankommen; sie machten sehr ernsthafte Gesichter, denn sie spürten, dass die ganze Sache wichtig war für Petit Hector.

»Und?«, fragte Arthur.

»Es läuft ganz gut«, sagte Petit Hector.

Aber in seinem Innersten war er sich dessen nicht wirklich sicher.

Am Abend versuchte er, irgendetwas über diesen Tag aufzuschreiben, aber er brachte nichts zustande; in seinem Kopf schwirrte alles durcheinander.

Er konnte gerade mal schreiben:

Amandine Hector

Um diese beiden Worte herum hätte er gern alles Mögliche gezeichnet, Herzen, Blumen, Sterne, aber das ging doch nicht: Sein Notizbuch war schließlich für Notizen da! Und so knipste er das Licht aus und versuchte einzuschlafen.

Petit Hector will Chef werden

Petit Hector war aufgefallen, dass seine Maman neuerdings nicht mehr so oft Präsentationen vorzubereiten hatte. Aber es war komisch – er fand auch, dass sie ein bisschen traurig wirkte, während er selbst sehr zufrieden gewesen wäre, wenn er weniger Hausaufgaben aufbekommen hätte. Auch sein Papa musste bemerkt haben, dass sie nicht mehr so viel arbeitete, und eines Abends bei Tisch hatte er sie danach gefragt, und Petit Hector hatte die Ohren gespitzt.

»Das kommt, weil mich mein Chef nicht mehr zu den wichtigen Besprechungen mitnimmt«, sagte sie.

»Tatsächlich?«, sagte sein Papa. »Wie lange geht das schon so?«

»Seit wir einen neuen Vorstandsvorsitzenden haben.«

Petit Hector erfuhr, dass der Vorstandsvorsitzende der Chef des Chefs seiner Maman war.

»Ich weiß nicht«, sagte sie, »vielleicht findet er, dass ich nicht gut genug bin, um dem neuen Vorstandsvorsitzenden präsentiert zu werden.«

»Das zu glauben fällt mir schwer«, sagte sein Papa. »Vorher fand er doch immer, dass du den Aufgaben gewachsen warst, oder?«

»Ja«, sagte seine Maman. »Vorher hatte ich sogar den Eindruck, dass er mich schätzte.«

Und Petit Hector spürte, dass es seiner Maman großen Kummer machte. Es war schrecklich, er wollte nicht, dass seine Maman Kummer hatte. Wenn die Kinder des Chefs seiner Maman in dieselbe Schule gegangen wären wie er, dann hätten er und die anderen Fantastischen sie verdroschen.

»Aber die Früchte deiner Arbeit verwendet er noch immer?«, wollte sein Papa wissen.

»Ja.«

»Ich verstehe«, sagte sein Papa.

»Was verstehst du?«

»Dein Chef will dich dem neuen Vorstandsvorsitzenden nicht zeigen, weil er sich sagt, dass der vielleicht auf blöde Ideen kommen könnte!«

»Auf was für Ideen denn?«

»Er könnte deinen Chef zum Beispiel durch dich ersetzen.«

»Glaubst du wirklich?«, sagte seine Maman. »Aber nein, das ist doch Quatsch, ich könnte meinen Chef nicht ersetzen, denn ...«

»Du unterschätzt dich, mein Liebling, das habe ich dir schon immer gesagt ...«

Petit Hector sah, dass seine Maman sehr angestrengt nachdachte.

»Es stimmt, dass mein Chef mit dem neuen Vorstandsvorsitzenden nicht so richtig warm wird. Mit dem vorigen war er dagegen ziemlich gut befreundet ...«

»Siehst du«, sagte sein Papa. »Jetzt hat er Angst um seinen Job.«

»Und bei der einzigen Besprechung, zu der er mich mitgenommen hat, habe ich gespürt, dass ich dem neuen Vorstandsvorsitzenden ziemlich gut gefallen habe!«

»Ich hoffe bloß, nicht zu gut«, sagte sein Papa und lachte.

Seine Maman aber konnte überhaupt nicht lachen.

»Verdammt noch mal, er versucht gerade, mich aufs Abstellgleis zu schieben!«

Petit Hector war sehr froh: Seine Maman schien keinen Kummer mehr zu haben, jetzt sah sie zornig aus!

»Na ja«, sagte sein Papa, »dein Chef denkt halt an seine Karriere. Das ist doch nur menschlich.«

»Es wird aber nicht so kommen, wie er es sich vorstellt«, sagte seine Maman.

»Er weiß nicht, mit wem er es zu tun hat«, meinte sein Papa.

»Was willst du damit sagen?«

»Bloß, dass ich sehr gut weiß, dass man dich nicht reizen darf.«

Das stimmte auch, dachte Petit Hector. Er hatte schon mitbekommen, dass seine Maman zwar meistens sehr freundlich war – allzu freundlich, wie sein Papa bisweilen sagte –, aber dass sie, wenn sie sich doch einmal aufregte, viel schlimmer in Zorn geraten konnte als er!

Weil Petit Hector und seine besten Freunde jetzt nicht mehr so viele ritterliche Taten zu vollbringen hatten, verbrachten sie mehr Zeit damit, über verschiedene Dinge zu diskutieren, und eines Tages unterhielten sie sich darüber, was sie später einmal gern machen würden.

»Also ich, ich möchte einen Lkw fahren«, sagte Guillaume. »Man sieht was von der Welt, und mein Papa sagt, dass es für Fahrer immer Arbeit gibt.«

»Aber man kommt abends nicht nach Hause«, meinte Petit Hector.

»Na und«, sagte Guillaume, »man muss auch nicht jeden Abend zu Hause sein.«

Das war richtig, aber Petit Hector sagte sich auch, dass es ihn sehr traurig gemacht hätte, nicht jeden Abend nach Hause zu kommen, vor allem, wenn Amandine auf ihn wartete.

»Ich würde gern Computerspiele erfinden«, sagte Arthur, »aber nicht solche gewöhnlichen wie die, die wir jetzt haben. In meinen würde es Figuren mit herrlichen chinesischen oder japanischen Kostümen geben.«

»Vielleicht könntest du ein Computerspiel erfinden, in dem wir alle vorkommen?«, fragte Orhan.

»Na klar«, sagte Arthur.

Weil Arthur sehr gut zeichnen konnte, vor allem Kleider oder Kostüme, war es gut möglich, dass er es eines Tages schaffte, solche Spiele zu entwerfen.

»Und deine Eltern sind einverstanden?«

»Mein Vater sagt, dass ich dafür in der Schule sehr fleißig sein muss.«

»Aber vielleicht auch nicht«, meinte Binh. »Vielleicht solltest du lieber sofort damit anfangen, zum Experten für Computerspiele zu werden, damit du später einmal richtig gut darin bist.«

»Mein Vater will das nicht. Er will, dass ich in der Schule fleißig lerne. Er sagt: ›Hinterher kannst du immer noch machen, was du gern möchtest.‹«

Petit Hector erinnerte sich an die buschigen Augenbrauen von Arthurs Vater und sagte sich, dass es bestimmt nicht leicht war, ihm so zu widersprechen, wie er selbst es manchmal mit seinem Papa tat.

»Und du?«, wandte sich Arthur an Binh.

»Ich würde gern Doktor werden.«

»Aber was für ein Doktor?«

»So einer, der mit Blaulicht umherfährt und den die Leute rufen, wenn jemand einen Unfall hatte und gleich sterben wird, und dann rettet er ihn.«

»Manchmal wartet er aber auch im Krankenhaus auf ihn«, sagte Petit Hector, »ich habe das schon im Fernsehen gesehen.«

»Ist doch egal, retten tut er ihn trotzdem.«

»Um Doktor zu werden, muss man in der Schule richtig gut sein«, sagte Arthur.

»Das ist sicher«, meinte Binh, und für ihn war das nicht weiter ein Problem, denn er war bereits ein fleißiger Schüler.

»Und vielleicht fährt dann Guillaume deinen Krankenwagen!«, rief Petit Hector.

Diese Idee war ihm eben erst gekommen, und er fand sie richtig genial.

»Ich würde total schnell fahren, um so viele Leute wie möglich zu retten!«, sagte Guillaume.

»In Ordnung«, meinte Binh.

Petit Hector hatte noch eine Idee: »Und Arthur macht dann ein Computerspiel, in dem ihr vorkommt und wo man den Krankenwagen so schnell wie möglich fahren muss, um zu gewinnen, und wo man so viele Leute wie möglich retten muss, um Punkte zu kriegen!«

Darüber mussten sie alle lachen; sie stellten sich das Computerspiel schon vor und fanden die Idee sehr gut.

»Und du, Orhan, was würdest du gern machen?«

»Ich arbeite später mal mit meinem Vater zusammen.«

»Aber du schreibst doch so gute Aufsätze!«

»Na und?«, meinte Orhan.

»Ja, aber gute Aufsätze bringen einem doch nichts, wenn man Häuser bauen will!«

»Na und?«, sagte Orhan schon wieder. »Tagsüber baue ich Häuser, und abends kann ich bei mir zu Hause ganz alleine Aufsätze schreiben.«

Da hatte er recht, aber Petit Hector fand trotzdem, dass da etwas nicht zusammenpasste.

Und dann fragten ihn seine Freunde, was er selbst einmal machen wolle.

»Chef sein«, sagte Petit Hector.

»Chef? Aber Chef wovon?«

»Von mir selbst.«

Die anderen waren ziemlich verwundert. Normalerweise schaffte es Petit Hector ganz gut, sich verständlich zu machen, aber das hier war nicht gerade klar.

Petit Hector verspürte keine große Lust, ihnen zu erzählen, wie das Gespräch seiner Eltern über den Chef seiner Maman ausgegangen war; er hätte dazu alles von Anfang an erklären müssen, und das war zu kompliziert.

»Wenn ich mir vorstelle, dass ich mir seit drei Monaten den Kopf zerbreche, um herauszufinden, was da schiefläuft!«, sagte seine Maman.

»Die größte Macht eines Chefs besteht darin, dass er uns zwingen kann, an ihn zu denken«, sagte sein Papa.

»Auf jeden Fall finde ich, dass du verdammt gut erfasst hast, wie die Dinge stehen.«

»Aber Clara, in meinem Sprechzimmer erlebe ich doch von früh bis spät Menschen, die unter ihrem Chef leiden, und da …«

In diesem Moment fragte Petit Hector, wie man es anstellen konnte, erst gar keinen Chef zu haben.

»Indem man so arbeitet wie dein Papa«, sagte seine Maman.

»Indem man anstelle des Chefs selber Chef wird«, sagte sein Papa.

»Dazu muss man aber auch Lust haben«, meinte seine Maman. »Und selbst dann hat man immer noch irgendeinen Chef über sich.«

»Oder man erwischt einfach einen guten Chef«, sagte sein Papa. »Das ist das Allerbeste, und es kommt tatsächlich vor!«

»Ja«, erwiderte seine Maman, »aber einen guten Chef findet man nicht an jeder Straßenecke. Weißt du, was du für ein Glück hast?«

»Weil ich so eine wunderbare Frau habe, die sich außerdem noch unterschätzt?«

»Nein, weil du keinen Chef hast!«

»Aber ich habe doch einen«, sagte sein Papa.

»Wer ist denn das?«, fragte Petit Hector.

Er war ziemlich erstaunt, denn sein Papa hatte niemals von diesem Chef gesprochen.

»Na ja, ich bin es selbst«, sagte sein Papa, »das ist außerordentlich praktisch – wir verstehen uns immer!«

Und da mussten sie alle drei lachen, sogar seine Maman.

An diesem Abend schrieb Petit Hector in sein Notizbuch:

Ein Chef kann dir immer Kummer machen und dich zwingen, an ihn zu denken. Aber wenn du selbst der Chef bist, dann geht es.

Petit Hector und das Ende vom Glück

Sehr oft dachte Petit Hector, dass er eine Menge Glück hatte, und manchmal machte ihm das ein wenig Angst, denn er sagte sich: »Und wenn nun eines Tages das Glück zu Ende ist?«

Wenn er seine Mitschüler beobachtete, wurde ihm schnell klar, dass das Glück tatsächlich aufhören konnte.

Da waren beispielsweise die Scheidungen. Er wusste von mehreren seiner Klassenkameraden, dass sie nicht mehr mit ihrem Vater und ihrer Mutter in einer Wohnung wohnten, weil ihr Vater und ihre Mutter nicht mehr zusammen waren. Manche sagten natürlich auch, dass es gar nicht so schlecht war, weil sie auf diese Weise doppelt so viele Weihnachtsgeschenke bekamen oder weil der neue Freund der Mutter oder die neue Freundin des Vaters echt toll waren, aber Petit Hector fragte sich, ob sie immer die ganze Wahrheit sagten. Und bei denen, die solche Sachen erzählten, lag die Scheidung ihrer Eltern meist schon eine ganze Weile zurück, also hatten sie sich daran gewöhnt und konnten jetzt auch die gute Seite der Dinge sehen. Aber Petit Hector sah auch andere, deren Eltern gerade dabei waren, sich scheiden zu lassen, und da merkte er, dass sie ziemlich unglücklich waren, mal ganz abgesehen davon, dass sich ihre Zensuren meistens verschlechterten.

Dann gab es auch noch die Arbeitslosigkeit, und die war oftmals ein Geheimnis. Petit Hector wusste aber, dass manchmal ein Vater oder eine Mutter ihre Arbeit verloren und es nicht schafften, eine neue zu finden, selbst wenn sie lange suchten, und dann waren zu Hause alle sehr betrübt.

Aber in dieser Hinsicht war er ganz beruhigt, denn mit seiner Arbeit, den Leuten zu helfen, würde sein Papa niemals arbeitslos werden. Maman konnte natürlich ihre Arbeit verlieren, aber die gute Seite daran war, dass sie dann häufiger mit Petit Hector zu Hause sein würde!

Und dann gab es noch schrecklichere Dinge, die selbst Kindern wie ihm passieren konnten.

Er vermied es nach Möglichkeit, daran zu denken, aber doch erinnerte er sich an Éloi.

Éloi war ungefähr so alt wie er gewesen, aber weil sie nicht in dieselbe Klasse gegangen waren, hatten sie nicht oft miteinander gesprochen, nur ein oder zwei Mal beim Fußball, und man muss schon sagen, dass Éloi darin noch weniger gut war als Petit Hector und dass er auch eher zu den netten Schülern zählte. Aber in Musik war Éloi richtig gut, und alle wussten, dass er nach dem Unterricht Klavierstunden nahm, und er erzählte seinen Freunden, dass er später einmal Pianist werden wolle. Einmal aber war Éloi nach den großen Ferien nicht mehr wiedergekommen. Und von Freunden, die wiederum Freunde von Éloi kannten, hatte Petit Hector erfahren, dass Éloi eine Krankheit in seinem Blut hatte und dass er im Krankenhaus lag und die Ärzte ihn wieder gesund machten. Und eines Tages war Éloi tatsächlich in die Schule zurückgekommen, aber er hatte sehr erschöpft gewirkt, und seine Haare waren ganz kurz gewesen und hatten so ausgesehen, als hätte er sie sich neu wachsen lassen, und alle waren sehr nett und freundlich zu ihm gewesen. Und später hatte er in der Schule wieder gefehlt, weil man ihn von Neuem ins Krankenhaus gebracht hatte.

Und dann, nach den nächsten Sommerferien, hatte man Éloi überhaupt nicht mehr in der Schule gesehen. Zuerst war es den meisten gar nicht groß aufgefallen, denn es kam immer wieder vor, dass ein Schüler die Schule wechselte und man ihn nicht mehr zu Gesicht bekam. Aber dann hatte Petit Hector wiederum von Freunden seiner Freunde erfahren, dass Éloi tot war.

Es war den Ärzten nicht gelungen, ihn zu retten, und dabei hatten sie ganz gewiss alles versucht.

Selbst wenn Éloi nicht mit ihnen befreundet gewesen war, ging der Gedanke, dass er tot war, Petit Hector und seinen Freunden durch und durch.

Der Beweis dafür war, dass sie fast nie darüber sprachen.

Das Ganze erinnerte Petit Hector an den Satz seines Papas, den Maman nicht hören wollte:

Besser, man fängt früh damit an, das Leben zu lernen, denn man weiß nie, wie viel Zeit einem bleibt.

Eines Abends lag Petit Hector im Bett, und plötzlich musste er an Éloi denken. Das machte ihm ein wenig Angst.

Natürlich sagte er sich, dass sein Papa schließlich Arzt war und die besten Ärzte aus allen Bereichen kannte. Wenn sich Petit Hector eine schlimme Krankheit einfangen würde, könnten sie ihn gewiss retten. Aber ganz sicher war er sich trotzdem nicht. Und selbst in den Arztgeschichten im Fernsehen, wo man doch die allerbesten Experten zu sehen bekam, passierte es von Zeit zu Zeit, dass jemand starb, und dann tranken die Ärzte mit bekümmerter Miene gemeinsam einen Kaffee oder begannen sich zu streiten, besonders wenn es ein Arzt und eine Ärztin waren (aber noch vor dem Ende der nächsten Folge küssten sich im Allgemeinen ausgerechnet die, die sich gestritten hatten, auf den Mund).

»Ist alles in Ordnung, Petit Hector?«

Seine Maman kam ihm Gute Nacht sagen, und sie spürte es immer, wenn er Sorgen hatte.

»Ja«, sagte Petit Hector, »alles okay.«

»Woran denkst du gerade?«

Petit Hector zögerte ein bisschen; er wusste nicht recht warum, aber allein Élois Namen auszusprechen, machte ihm schon Angst.

»Ich denke an Éloi.«

Seine Maman wusste Bescheid, so wie in der Schule alle Bescheid wussten.

»Ach ja«, sagte sie, »der arme kleine Junge. Und seine armen Eltern …«

Petit Hector spürte, dass es auch seiner Maman seltsam zumute war, wenn sie an Éloi dachte.

»Maman?«

»Ja?«

»Ist Éloi wirklich tot?«

Er spürte, dass die Antwort seiner Maman Mühe bereitete.

»Ja«, sagte sie, »er ist wirklich tot.«

»Wie die überfahrenen Katzen am Straßenrand?«

»Ähm … ja … aber es ist doch nicht dasselbe! Éloi ist schließlich ein Junge! Und jetzt wohnt er im Himmel.«

»Ist es sicher, dass er im Himmel wohnt?«

»Ja«, sagte seine Maman.

Aber es war komisch – Petit Hector spürte, dass selbst seine Maman sich nicht völlig sicher war.

Und dann umarmte sie ihn und sagte, dass sie nächsten Sonntag bei der Messe gemeinsam für Éloi beten würden, damit er im Himmel bleibt oder damit er dorthin gelangt, falls er noch nicht angekommen sein sollte.

Danach kam sein Papa zum Gutenachtsagen.

»Papa«, sagte Petit Hector, »kannst du mir erklären, wie es im Himmel ist?«

»Maman hat mir schon erzählt, dass du immer noch an Éloi denkst.«

»Ja«, sagte Petit Hector. »Wie ist der Himmel?«

Sein Papa schien ein bisschen überlegen zu müssen.

»Erinnerst du dich daran, wie es vor deiner Geburt war?«

»Bevor ich geboren wurde?«

Das war vielleicht eine komische Frage. Sein Papa stellte oft komische Fragen, aber diese hier war wirklich der Rekord.

»Nein, natürlich habe ich keine Erinnerungen daran. Niemand kann sich daran erinnern, wie es vor seiner Geburt war. Sogar die Zeit gleich danach habe ich vergessen.«

»Siehst du, und wenn man stirbt, ist es ähnlich – es ist so, als wenn man noch nicht geboren ist.«

»Und dann ist man im Himmel? Und vor der Geburt auch?«

»Ja, aber man hat keine Erinnerungen daran.«

»Also ist man im Himmel, bevor man geboren wird, und wenn man gestorben ist, kehrt man dorthin zurück?«

»Genau.«

»Und Maman sagt das auch?«

»Ja.«

»Aber wie kann sie wissen, wie der Himmel ist, wo sich doch niemand erinnert?«

»Manche Personen haben ihre Vorstellungen über den Himmel, andere wissen nicht so recht.«

»Aber auf jeden Fall gibt es einen Himmel?«

»Ja«, sagte sein Papa, »es gibt einen. Besonders für brave Kinder wie Éloi oder dich.«

Danach fühlte Petit Hector sich besser. Man musste sterben, das stimmte, aber wenigstens gab es den Himmel, auch wenn nicht alle dieselbe Meinung darüber hatten, was in diesem Himmel drin war; auf jeden Fall war es der Ort, an dem wir vor unserer Geburt waren, und also waren wir wirklich irgendwo. Und über diese Frage schienen sich sein Papa und seine Maman sogar einig zu sein, selbst wenn seine Maman mehr Vorstellungen vom Himmel hatte, weil sie ja in die Kirche ging.

Er dachte noch einmal an Éloi mit seinen ganz dünnen Haaren, die ihm wieder zu wachsen anfingen, und es beruhigte ihn zu wissen, dass er im Himmel war, denn Éloi war wirklich ein netter Kerl gewesen.

Und dann schlief Petit Hector endlich ein.

Petit Hector und der Lehrer und die anderen Sorten von Leben

Wenn Petit Hector seinen Klassenlehrer jeden Tag im Unterricht beobachtete, sagte er sich, dass dies für ihn auch nur eine Sorte Leben sein musste und dass er daneben bestimmt noch andere hatte.

Eines Tages jedoch machte er die ganz große Entdeckung über die anderen Leben seines Lehrers, und zwar am Nachmittag nach der Schule. Er ging mit Guillaume zu Fuß nach Hause, denn sie wohnten nicht weit von der Schule entfernt. Und na ja, was sahen sie da plötzlich?

Vor ihnen spazierte der Klassenlehrer mit der Klassenlehrerin vom letzten Jahr – der mit den hellbraunen Augen, die immer so nett gewesen war.

Petit Hector und Guillaume hatten sich näher herangeschlichen, aber auch nicht zu sehr, denn sie wollten nicht entdeckt werden.

Der Lehrer sprach mit der Lehrerin, und sie antwortete ihm in freundlichem Ton. Aber er schaute sie dabei oft an, während sie vor allem geradeaus oder auf ihre Schuhspitzen guckte.

In einer Sekunde hatte Petit Hector begriffen, dass es dem Lehrer genauso ging wie ihm selbst mit Amandine. Und selbst für den Lehrer, der den Mädchen der Klasse doch so gut gefiel, schien es nicht einfach zu sein mit einer erwachseneren Frau wie beispielsweise der Lehrerin.

Das bildete nun wirklich den Beweis dafür, dass Mädchen und Frauen ein komplizierter Gegenstand waren, über den man allerdings in der Schule überhaupt nichts lernte, und wenn selbst der Lehrer seine Mühe zu haben schien, wie hätte er auch den Schülern etwas darüber beibringen können?

Guillaume und Petit Hector folgten den beiden noch eine Zeit lang, aber dann sagte Guillaume, er müsse jetzt nach Hause, denn sonst werde seine Maman unruhig und rufe wieder bei der Polizei an.

Am Abend erzählte Petit Hector seinen Eltern, was er gesehen hatte.

»Na schön«, sagte seine Maman, »aber du darfst es niemandem sagen.«

»Nicht mal meinen Freunden?«

»Nein.«

»Immerhin weiß auch Guillaume schon Bescheid«, sagte sein Papa.

»Das ist etwas anderes«, meinte seine Maman.

»Aber du, du musst auf jeden Fall dichthalten«, sagte sein Papa, »das ist wichtig.«

»Und warum?«

»Wenn es alle erfahren würden, könnte es passieren, dass sich die nicht so besonders netten Kinder über den Lehrer und die Lehrerin lustig machen. Und wenn das passiert, darf es wenigstens nicht deine Schuld sein.«

Petit Hector begriff das sofort.

»Man muss im Leben immer an die Konsequenzen denken«, sagte sein Papa.

Petit Hector erinnerte sich noch gut an diese Lebensregel, an der sein Papa offensichtlich viel Gefallen fand.

»Das ist wahr«, sagte seine Maman. »Aber glaubst du nicht auch, dass man im Leben manche Dinge auch einfach tun muss, weil sie gut sind, egal wie die Konsequenzen ausfallen könnten?«

»Um seinen Prinzipien treu zu bleiben?«

»Exakt.«

»Was zum Beispiel?«

Petit Hectors Maman begann zu überlegen.

»Beispielsweise etwas Schlimmes anzuprangern, selbst wenn man damit riskiert, seine Stelle zu verlieren.«

»Denkst du da an dich selbst?«

»Vielleicht«, sagte seine Maman.

»Aber da sind wir im Grunde einer Meinung«, sagte sein Papa. »Ich würde es auch tun. Wenn etwas Übles geschieht, würde ich es genauso aufdecken – aber ich würde mich dabei nicht erwischen lassen.«

»Du bist unverbesserlich«, sagte seine Maman.

»Aber gerade dafür liebst du mich doch, oder?«, sagte sein Papa und lachte.

Daraufhin musste auch seine Maman ein bisschen lachen, aber Petit Hector spürte, dass sie sich trotzdem Sorgen machte.

An diesem Abend schrieb er in sein Notizbüchlein:

Man soll immer das Gute tun – aber ohne sich dabei erwischen zu lassen.

Petit Hector und die Kunst

Es war ein Mittwochnachmittag, aber kein gewöhnlicher. Der Lehrer nahm seine Klasse ins Museum mit. Es war auch noch eine andere Klasse dabei, und – welch wunderbare Überraschung – es handelte sich zufällig um die von Amandine, und die Lehrerin, die sie begleitete, war ausgerechnet Petit Hectors Klassenlehrerin vom Vorjahr, die sein jetziger Lehrer so gern hatte.

Petit Hector war ganz aufgeregt, denn er dachte, dass er diesmal leichter mit Amandine sprechen könnte als auf dem Pausenhof.

In den Bus, der sie ins Museum bringen sollte, hatte man die beiden Klassen leider nacheinander einsteigen lassen, und so saß Petit Hector mindestens vier Reihen hinter Amandine, und überhaupt schien sie nicht groß auf ihn zu achten. Er hatte versucht, sich mit Claire zu trösten, weil ihn das für Amandine vielleicht interessanter machen würde. (Am Abend zuvor hatte sein Papa ihm gesagt: »Wenn man sich für ein Mädchen interessiert, muss man manchmal so tun, als würde man sich für eine ihrer Freundinnen interessieren.« Seine Maman hatte sich darüber ziemlich aufgeregt!) Aber Claire war inzwischen eingeschnappt, sie trug es Petit Hector nach, dass er sie nicht als Freundin haben wollte, und er spürte, dass es mit ihr vorbei war. Und genau jetzt fiel ihm auf, dass Claire eigentlich richtig hübsch war mit ihren goldenen Locken und ihrem Stupsnäschen, und er begann sich zu fragen, ob ihm nicht eine große Dummheit unterlaufen war.

Draußen vor dem Museum verlor er keine Zeit, sondern pirschte sich gleich an Amandine heran, und als man die

Schüler aufforderte, zu zweit zu gehen und sich an den Händen zu halten, griff er nach der Hand von Amandine, und sie hatte nichts dagegen.

Während sie gemeinsam die Stufen zum Museum hinaufstiegen, schwoll Petit Hectors Herz vor Freude mächtig an. Er hörte nicht wirklich dem Klassenlehrer zu, der ihnen erklärte, dass man dieses Museum ein bisschen so erbaut hatte, wie die Griechen einst ihre Tempel errichtet hatten. Die Lehrerin stand ein bisschen abseits, sie wollte nicht direkt an seiner Seite bleiben.

»Gefällt dir das, die Griechen und so?«, wollte Petit Hector von Amandine wissen.

»Ich weiß nicht«, antwortete sie, »aber jedenfalls ist es schön, ins Museum zu gehen.«

»Ja, und du wirst sehen – über die Griechen weiß unser Lehrer wirklich eine Menge.«

Na ja, für den Anfang war das nicht übel. Das Problem war bloß, dass Petit Hector wieder mal nicht wusste, was er sonst noch sagen sollte. Plötzlich sah er, wie sich die Lehrerin seinem Klassenlehrer näherte.

»Ich glaube, er hätte es gern, wenn sie so richtig seine Freundin wäre«, sagte Petit Hector.

»Ach, echt?«, sagte Amandine und machte große Augen.

Petit Hector war nicht sicher, ob er mit seiner Bemerkung vielleicht gerade einen Fehler gemacht hatte, aber nun war es sowieso zu spät, und irgendwelche interessanten Dinge musste er schließlich zum Erzählen finden.

»Ja«, sagte er, »guck mal genau hin.«

Und wenn man richtig hinschaute, sah man tatsächlich, dass es den Klassenlehrer sehr zu freuen schien, wenn er mit seiner Kollegin sprechen konnte, während sie einfach nur normal zufrieden aussah.

Nun gingen sie alle ins Museum hinein, und im Inneren war beinahe so viel Platz wie in einer Kirche. Der Lehrer führte sie vor die Statuen und erklärte ihnen, wer die Dargestellten waren.

Natürlich gab es auch Herkules zu sehen, und man hätte ihn beinahe für Hulk halten können, so muskelbepackt war er. Er stützte sich auf seine große Keule und war mit einem Tierfell bekleidet, aber trotzdem konnte man seinen Pimmel sehen. Plötzlich fragte sich Petit Hector, ob sein eigener Pimmel normal war. Der von Herkules sah so groß aus, aber na ja, im Verhältnis zur Körpergröße war er wiederum auch nicht so enorm. Außerdem wusste Petit Hector ja, dass sein eigener Pimmel noch wachsen würde, und so brauchte er sich nicht allzu sehr zu beunruhigen.

»Mein Vater ist genauso stark wie Herkules«, sagte Orhan, der genau hinter ihnen stand.

»Ach wirklich?«

Petit Hector war da anderer Meinung, aber weil Orhan ein guter Freund war, brauchte man sich deswegen nicht herumzustreiten. Er erinnerte sich wieder an die erste Notiz aus seinem Büchlein: *Wenn man etwas sagt, darf man nicht vergessen, zu wem man spricht.* Andererseits konnte man es auch nicht so richtig wissen, denn Herkules war ja schon ewig lange tot, und Orhans Vater hatte bestimmt noch nie versucht, es ihm gleichzutun – jede Menge gefährliche wilde Tiere zu töten und sogar einen Mann, der zur Hälfte ein Pferd war, und einen Drachen mit mehreren Köpfen. Der Lehrer erklärte ihnen, dass Herkules kein Gott war, sondern ein Halbgott; er konnte sterben wie ein Mensch, aber hinterher wanderte er trotzdem ins Paradies für die Götter. Ein bisschen wie Superman, dachte Petit Hector – der war auch stark genug, alles zu tun, was er sich vornahm, aber er riskierte trotzdem den Tod durch Kryptonit.

Der Lehrer erzählte weiter, und es war wirklich interessant. Eine Weile war Herkules sehr verliebt gewesen in eine Prinzessin namens Omphale. Um ihr zu gefallen, hatte er ihr Sklave werden müssen. Und um ihr zu gehorchen, musste er sich ein Jahr lang wie ein Mädchen anziehen und genau dieselbe Arbeit machen wie Omphales Dienerinnen – nähen, kochen, Wäsche waschen –, und danach nahm Omphale ihn zum Mann.

Zum Sklaven von Omphale werden ... Petit Hector sagte sich, dass er vielleicht selbst Amandines Sklave geworden wäre, wenn sie es von ihm verlangt hätte. Aber ein Jahr lang mit Mädchenkleidern herumzulaufen ...

In diesem Moment fragte Arthur den Klassenlehrer, ob es eine Statue gebe, auf der Herkules in Mädchensachen dargestellt war, und der Lehrer sagte: »Nein.«

Schade, lustig wäre es gewesen, aber wahrscheinlich hatte es Herkules nicht besonders gefreut, wenn man ihn in Mädchenkleidern gesehen hatte, und er hatte nicht gewollt, dass so eine Statue von ihm angefertigt wurde.

»Wenn du von mir verlangen würdest, ich soll mich wie ein Mädchen anziehen«, sagte Petit Hector, »ich weiß nicht, ob ich einverstanden wäre.«

Amandine schaute ziemlich verwundert drein, und dann lachte sie laut los. Hector freute sich sehr, sie zum Lachen gebracht zu haben, aber als sie gar nicht wieder aufhörte, fragte er sich doch, ob sie sich nicht über ihn lustig machte. Am Ende beruhigte sie sich aber wieder.

Jetzt waren sie vor einer Mauer angelangt, auf der es schöne Malereien in Rot und Schwarz gab. Man konnte dort ganz nackte Krieger sehen, die Helme auf dem Kopf trugen und sich gegenseitig Lanzen in den Körper schoben. Andere hatten keine Helme auf und saßen ganz entspannt auf Kanapees herum, und der Lehrer erklärte, dass dies die Götter waren, welche die Menschen dazu antrieben, miteinander zu kämpfen.

Petit Hector fand, dass man daraus ein wunderbares Computerspiel machen könnte – er und seine Freunde würden ein bisschen so herumsitzen wie die Götter, und die Krieger würden sich zu ihrer Unterhaltung umbringen.

Er sah, dass sich Amandine zu langweilen begann.

»Da fehlt es ein bisschen an Farbe«, meinte er. »Ich würde es ganz anders machen.«

»Echt?«, sagte Amandine.

»Ja, die Leute würde ich rosa malen und die Götter ganz in Gold.«

»Das würde hübsch aussehen«, sagte Amandine.

»Und in eine Ecke würde ich dich zeichnen, und du würdest bei den Göttern sitzen, du wärst selbst eine Göttin!«

Amandine schaute ihn an, und er schaute sie an.

Und dann nahm Petit Hector ihre Hand ganz fest in seine Hand, und plötzlich merkte er, dass es so weit war – Amandine schaute ihn genauso an, wie er Amandine anschaute.

»Kinder, weiter geht's!«, rief die Lehrerin.

Weil sie sich immer nur gegenseitig angeguckt hatten, war es ihnen gar nicht aufgefallen, dass die anderen alle schon weitergegangen waren und jetzt zu Füßen der Statue einer sehr schönen Dame mit einem Schwan standen.

Während der Lehrer redete und die Lehrerin aufpasste, was die Kinder machten, flüsterte Petit Hector Amandine dies und das zu, und jetzt fand er immer etwas zu sagen und brachte sie zum Lachen, und sie blickte ihn mit ihren schönen Augen an, die ihn fast verrückt machten.

»Dies alles«, sagte der Lehrer und zeigte mit einer großen Geste auf alle Dinge, die es im Museum gab, »dies alles nennt man Kunst.«

Petit Hector fand, dass Kunst etwas sehr Gutes war, denn sie gab einem immer Anlass zum Nachdenken und interessierte sogar die Mädchen, Amandine ganz besonders.

Am Abend beschloss er, dass er in sein Notizbüchlein nun doch Bilder zeichnen wollte, denn der Lehrer hatte ihnen erklärt, dass Zeichnungen auch zur Kunst gehörten.

Er versuchte Amandine zu zeichnen, wie sie in aller Schönheit, einer Göttin gleich, auf dem Kanapee lag, und neben ihr stand er selbst, stark wie Herkules. Am Ende aber war das Bild missraten, und Petit Hector ärgerte sich; er riss das Blatt heraus und zerfetzte es in lauter kleine Stücke, damit niemand ein so misslungenes Bild zu Gesicht bekam; es ähnelte Amandine überhaupt nicht, und auch ihn hätte niemand darauf erkannt. Kunst war eine schwierige Sache.

Danach suchte er nach irgendwelchen interessanten Dingen, die er in sein Heft schreiben konnte, um den Fehlschlag wieder auszugleichen, aber zunächst fiel ihm überhaupt nichts ein.

Wenn er daran dachte, wie Amandine ihn angeblickt hatte, fühlte er sich einfach nur glücklich, ganz durchdrungen von Glück.

Am Ende schrieb er:

Wenn man glücklich ist, hat man keine Lust zum Schreiben.

Petit Hector entdeckt ein neues Leben

Zu seinen anderen vier Leben hatte Petit Hector gerade ein fünftes hinzugewonnen – das Leben mit Amandine!

Viel Zeit nahm dieses Leben allerdings nicht in Anspruch: Die beiden sahen sich nur in den Schulpausen, und auch dann nicht lange; bisweilen fand sich Petit Hector mitten unter Amandines Freundinnen wieder, und Amandine gesellte sich manchmal zu den Fantastischen Fünf. Und so lernte Petit Hector ein bisschen die Mädchenspiele und Amandine ein bisschen die Spiele der Jungs.

Die Mädchen redeten eine Menge miteinander, besonders über die anderen auf dem Pausenhof, über ihr Aussehen und darüber, was sie machten. Die Jungen rannten lieber herum und schubsten einander, aber Petit Hector und seine Freunde erzählten sich eben auch gern Geschichten, was Amandine sehr gefiel, und es traf sich gut, dass Petit Hector beim Geschichtenerfinden ziemlich stark war.

Meistens fielen ihm Geschichten wie die folgende ein:

Petit Hector und seine Freunde befanden sich auf einem Schiff, aber dann kam ein großer Sturm auf, und es gab auch eine Riesenkrake, die sie von unten her angriff, und so begann das Schiff zu sinken, aber wenigstens blieb ihnen noch die Zeit, die monströse Krake zu töten und in eine kleine Schaluppe zu steigen, und hinterher trieben sie weit aufs Meer hinaus und litten großen Durst, aber dann fingen sie kleine Fische und versuchten, ihr Pipi zu trinken, denn sonst hatten sie ja kein Wasser außer dem aus dem Meer, welches man aber nicht trinken durfte (und hier war unter den Zuhörern eine große Diskussion entbrannt, weil die einen sagten, man werde noch durstiger, wenn man sein Pipi trinkt, während die anderen meinten, ein bisschen davon könne hilfreich sein, und hinterher hatte Binh noch die Frage aufgeworfen, wie es mit dem Verzehr von Kacke sei, und alle hatten sehr gelacht, bloß Amandine nicht, und so hatten sie sich bei diesem Teil der Geschichte nicht weiter aufgehalten). Na ja, und dann kamen sie zu einer unbewohnten Insel, und währenddessen waren Amandine und ihre Freundinnen gerade mit dem Flugzeug unterwegs, aber unglücklicherweise überflog ihre Maschine gerade den Vulkan der Insel, als dieser ausbrach; das Flugzeug fing Feuer und stürzte ins Meer, aber kurz vorher war es noch in zwei Hälften zerborsten, und die Mädchen waren alle ins Wasser gefallen (beziehungsweise mit dem Fallschirm abgesprungen, aber Binh, der schon einmal geflogen war, hatte gesagt, dass man den Fluggästen keine Fallschirme gab, sondern nur eine aufblasbare Rettungsweste, die den Fall vielleicht verlangsamen konnte, aber so sehr nun auch wieder nicht). Hector und seine Freunde sahen von Weitem, wie sie ins Meer stürzten; rasch zimmerten sie ein Floß zurecht und fuhren hinaus, um die Mädchen aufzufischen, aber dann kamen von überallher die Haie, und man musste sie mit Ruderhieben töten (hier entspann sich eine Diskussion darüber, ob es auf einem Floß überhaupt Ruder gab), und manchmal sprangen die Haie aus dem Wasser und griffen Hector und seine Freunde an, und einige wurden sogar gebissen, aber das war auch gut so, denn es lockte die übrigen Haie an, und währenddessen hatten die Mädchen im Wasser nichts zu fürchten. Am Ende gelang es ihnen, sämtliche Haie zu töten oder ihnen, wie Orhan bemerkte, wenigstens Angst einzujagen, denn schließlich kann man nicht alle Haie des Meeres töten, es gibt solche Unmengen davon, und dann zogen Petit Hector und seine Freunde die Mädchen aus dem Wasser auf ihr Floß, aber die zierten sich, weil sie nichts anhatten (und weil Amandine dabei war, mochten sie sich wieder nicht lange mit der Frage aufhalten, ob sie tatsächlich vollkommen nackt waren, und Petit

Hector sagte schnell, dass die Jungs den Mädchen ein paar von ihren Klamotten abgaben, sodass alle halb angezogen waren und die Mädchen aufs Floß kommen konnten, ohne rot wie die Tomaten zu werden). Dann fuhren sie gemeinsam auf die Insel zurück, und dort versorgten die Mädchen die Haibisse der Jungs, und die Jungs bauten ein paar Hütten, und Arthur machte aus Blättern schöne Kleider, und sie waren glücklich und zufrieden. Später bekamen sie Babys, und die Babys wuchsen heran, und bald gab es immer mehr Leute auf der Insel, und sie wurde wie ein richtiges Land, und sie alle wurden Präsidenten und Präsidentinnen, und man sah sie ständig im Fernsehen.

Weil Petit Hector es schaffte, beinahe jeden Tag eine solche Geschichte in Gang zu bringen, können Sie sich vorstellen, wie gern die anderen ihm beim Weiterspinnen halfen und wie sehr es die Mädchen – ganz besonders Amandine – mochten, mit ihnen zusammen zu sein. Und hinterher gelang es Hector und Amandine oft, sich ein wenig abzusondern, und dann sagte er ihr, dass sie das schönste Mädchen der Welt sei und dass sie später einmal heiraten würden, und Amandine sagte dazu Ja und fragte sich, ob sie ein, zwei oder drei Kinder haben würden und ob es Mädchen oder Jungen wären, und wenn zum Ende der Pause die Klingel schrillte, gaben sie sich ein Küsschen.

Petit Hector war sehr, sehr glücklich. In seinem Leben lief alles prächtig: Er hatte gute Freunde, einen netten Klassenlehrer, gute Zensuren, die besten Eltern der Welt und als Krönung noch eine richtige Freundin, Amandine.

Am Abend schrieb er in sein Notizbuch:

So sieht das Glück aus.

Ich möchte, dass es ewig so weitergeht wie im Moment, aber erwachsen will ich trotzdem werden.

Als er diesen Satz noch einmal las, kamen ihm Zweifel, ob es wirklich für immer so weitergehen konnte.

Er spürte deutlich, dass das Leben mit dem ganz großen L nicht so beschaffen war.

Petit Hector lernt eine Menge über Geld

Petit Hector wusste bereits, dass Geld etwas Wichtiges war: Man brauchte es, um schöne Sportschuhe oder Computerspiele zu kaufen oder um ins Restaurant zu gehen. Glücklicherweise verdienten sein Papa und seine Maman welches. Er hatte inzwischen begriffen, dass die Leute, die sich von seinem Papa helfen ließen, ihm dafür Geld gaben, und das war auch normal, denn wie hätte er die Zeit finden sollen, woanders welches zu verdienen? Allerdings redeten seine Eltern nicht gerade oft über Geld.

Eines Tages frühstückten sie zu dritt in der Küche, und Petit Hector fragte seinen Papa und seine Maman, wie viel sie verdienten. Sein Papa schien darüber verwundert zu sein.

»Warum fragst du uns das, Petit Hector?«

»Weil in der Schule manche erzählen, was ihre Eltern verdienen.«

»Ich finde, das sollten sie bleiben lassen«, sagte Maman. »Ihre Eltern hätten es ihnen gar nicht erst sagen sollen.«

»Wieso denn nicht?«, wollte Petit Hector wissen.

Seine Eltern schauten einander an.

»Weil ihr später noch genügend Zeit haben werdet, an Geld zu denken«, sagte Petit Hectors Maman. »Jetzt solltet ihr erst einmal lernen, wie das Leben funktioniert, und in der Schule fleißig arbeiten.«

»Aber Geld gehört doch zum Leben, oder?«

»Ja, aber …«

Seine Maman seufzte.

Sein Papa schien einen Moment zu überlegen und sagte dann: »Wenn die Kinder erst einmal darüber zu reden beginnen, wie viel ihre Eltern verdienen, dann werden sie merken, dass einige Eltern deutlich mehr oder deutlich weniger verdienen als andere, nicht wahr?«

»Ja, natürlich.«

Und das stimmte auch. Als Arthur von anderen Schülern danach gefragt worden war, hatte er nämlich erzählt, wie viel sein Papa damit verdiente, den Leuten bei den Steuern und sonstigen Geldproblemen zu helfen, und alle anderen, die wussten, wie viel ihre eigenen Eltern verdienten, hatten gemerkt, dass sie weniger bekamen als Arthurs Vater! Petit Hector hatte gespürt, dass sie das traurig gemacht hatte oder auch ein bisschen neidisch. Orhan, Binh und Guillaume wussten zum Glück nicht, was ihre Eltern verdienten. Petit Hector hatte den Eindruck, dass es viel weniger war – man sah es allein schon daran, dass sie nicht immer die besten Marken trugen.

»Siehst du«, sagte sein Papa, »und so werden sich die Kinder bald sagen: Meine Eltern verdienen viel weniger als die Eltern von dem und dem; vielleicht habe ich nicht die besten Eltern abbekommen; sie sind nicht imstande, richtig Geld zu verdienen; die anderen Kinder haben wirklich mehr Glück als ich.«

»Und stimmt das etwa nicht?«, fragte Petit Hector.

»Nein«, sagte seine Maman.

»Um glücklich zu sein, braucht man vor allem Eltern, die einen lieben«, meinte sein Papa.

»Und die sich gut verstehen«, fügte Maman hinzu.

Petit Hector dachte nach. Arthurs Eltern verdienten eine Menge Geld, aber sie stritten sich auch oft, und einmal hatte ihm Arthur gesagt, dass es ihn an manchen Tagen traurig mache, nach Hause gehen zu müssen.

»Aber wenn man erst einmal zu vergleichen anfängt, was die eigenen Eltern verdienen und was die Eltern der anderen, ja, dann kann man sich wirklich unglücklich machen«, sagte sein Papa.

»Genau«, sagte Maman.

»Weißt du was, Petit Hector?«, sagte sein Papa. »Vergleiche anzustellen, ist im Leben immer ein gutes Mittel, um sich sein Glück zu vermiesen.«

Seine Maman lächelte und ergriff die Hand ihres Mannes. Petit Hector ahnte, dass er heute Abend etwas in sein Notizbuch einzutragen haben würde.

»Aber man muss doch trotzdem Geld verdienen, oder?«

»Natürlich«, sagte sein Papa.

»Man muss genug verdienen, um ohne Geldsorgen leben zu können«, sagte seine Maman.

»Aber wie kann man wissen, dass es genug ist?«, fragte Petit Hector.

»Wenn man ungefähr so viel verdient, wie man gern ausgeben möchte«, meinte seine Mutter und lachte ein bisschen.

»Ja, aber woher weiß man das nun wieder? Vielleicht möchte man ja dreimal so viel ausgeben!«

Seine Eltern schauten einander an.

»Petit Hector«, sprach sein Papa, »wärst du glücklicher, wenn wir ein dreimal so großes Haus hätten? Oder wenn du dir dreimal so viele Videospiele kaufen könntest?«

Petit Hector überlegte. Er versuchte sich vorzustellen, dass er in einem dreimal so großen Haus wohnte und dreimal so viele Videospiele hatte. Im Grunde wäre das ein bisschen so ein Leben gewesen wie das von Arthur. Dessen Eltern hatten ein riesiges Haus, und Arthur besaß so viele Videospiele, dass er nicht einmal genug Zeit hatte, sie alle so gut kennenzulernen, um bis zur höchsten Spielstufe vorzustoßen.

»Vielleicht nicht«, meinte Petit Hector.

»Und außerdem«, sagte seine Maman, »wenn du so denken würdest, hättest du danach vielleicht noch einmal Lust auf das Dreifache davon und würdest also neunmal so viel haben wollen wie heute!«

»Und dann noch dreimal so viel!«, rief Petit Hector. »Siebenundzwanzigmal so viel wie jetzt!«

»Und warum nicht noch einmal das Dreifache?«, sagte sein Papa. »Das wäre schon einundachtzigmal so viel.«

»Und dann zweihundertdreiundvierzigmal so viel!«

Petit Hector und seine Eltern machten noch eine Weile so weiter, bis die Zahlen derart groß wurden, dass man sie nicht mehr im Kopf multiplizieren konnte, und Petit Hector kugelte sich vor Lachen.

Er hatte es ja verstanden: Es machte einen nicht unbedingt glücklicher, wenn man noch mehr und immer noch mehr Geld verdiente. Sein Papa sagte, dass es manchen seiner Patienten so erging – sie verdienten schon einen Haufen Geld, aber sie waren unglücklich, weil sie Leute kannten, die neunmal so viel verdienten.

»Wichtig ist, eine Arbeit zu haben, die man liebt«, sagte er zu Petit Hector.

»Und dazu das Gefühl, dass man einigermaßen angemessen bezahlt wird für das, was man tut«, setzte seine Maman hinzu.

Petit Hector konnte das verstehen. Es war ein bisschen, als wenn man in der Schule die Note bekam, die man verdient hatte. Wenn der Lehrer uns eine mittelmäßige Note gibt, obwohl wir gut gelernt zu haben meinen, dann sind wir traurig oder beginnen den Lehrer zu hassen.

»Aber wenn man das Geldverdienen mehr liebt als alles andere?«, fragte Petit Hector.

»Dann soll man am besten direkt dort arbeiten, wo das Geld liegt«, sagte sein Papa.

»So wie der Vater von Arthur?«

»Genau.«

»Aber Arthur hat keine Lust, später einmal das zu machen, was sein Vater will. Er möchte Kleider für Frauen zeichnen.«

Seine Eltern blickten einander an.

»Er hat recht«, sagte seine Maman, »wenn es das ist, was ihn am glücklichsten macht …«

»Na ja«, fügte sein Papa hinzu, »er hat ja noch Zeit, sich zu entscheiden.«

Es war merkwürdig: Immer wenn Petit Hector erzählte, dass Arthur gern Mädchen- und Frauenkleider zeichnen wollte, schien das seine Eltern nachdenklich zu machen. Aber als er ihnen kürzlich gesagt hatte, dass er selber als Erwachsener gern Spion werden wolle, hatten sie darüber eher lachen müssen. Dabei fand er, dass Spion ein seriöserer Beruf war, als wenn man Kleider für Frauen zeichnete. Er beschloss, seine Eltern danach zu fragen, aber da waren sie auch schon fertig mit dem Frühstücken, und der richtige Moment war vorüber.

Am Abend schrieb Petit Hector in sein Notizbüchlein:

Vergleiche anzustellen ist ein gutes Mittel, um sich sein Glück zu vermiesen.

Um viel Geld zu verdienen, muss man im Geld arbeiten.

Geld bereitet einem nur Sorgen, wenn man nicht genug hat.

Wenn man dreimal so viel verdient wie vorher, kann man davon Lust bekommen, noch einmal dreimal so viel zu verdienen und dann noch einmal dreimal so viel.

Und danach schrieb er alle Multiplikationsaufgaben hin, die sie gemeinsam gelöst hatten, und dann noch ein paar mehr, bis er endlich zu einer Zahl gelangte, die ungefähr so groß war wie die Summe, die Arthurs Vater verdiente.

Petit Hector ist eingeladen

Es versprach ein lustiger Tag zu werden, denn Petit Hector war bei Arthur zu Kaffee und Kuchen eingeladen.

Arthur hatte darüber schon auf dem Pausenhof gesprochen, aber letztendlich waren es wohl seine Eltern gewesen, die mit den anderen Eltern etwas ausgemacht hatten, denn eines Tages erfuhr Petit Hector von seiner Maman, dass er einen Nachmittag bei Arthur verbringen werde.

Am nächsten Tag brachte sie ihn mit dem Auto hin, und bald kamen sie beim großen Haus von Arthurs Eltern an, und es war wirklich doppelt oder dreimal so groß wie das von Petit Hector, und auf dem Rasen erblickte er das dicke Auto von Arthurs Vater, das silbern glänzte, ein bisschen wie das Geld, mit dem er jeden Tag zu tun hatte.

Arthurs Mutter öffnete ihnen die Tür, und es war komisch, denn sie hatte sich eine Schürze umgebunden, als wäre sie gerade beim Essenkochen, und die beiden Frauen begannen nette Worte miteinander zu wechseln, während Petit Hector ins Wohnzimmer eilte, wo er alle seine Freunde fand und jede Menge Gebäck und Sandwichs. Alle seine Freunde … oder eigentlich doch nicht alle: Selbstverständlich war Arthur da und Binh auch, aber er sah weder Orhan noch Guillaume, und so fragte er Arthur, wann sie kommen würden. Arthur war ein wenig verlegen; er sagte, seine Eltern hätten die Eltern von Orhan und Guillaume anzurufen vergessen, und jetzt war es vielleicht zu spät.

»Vielleicht kommen sie einfach so«, sagte Petit Hector.

»Hoffentlich«, sagte Arthur.

Aber Petit Hector fand, dass Arthur ziemlich verlegen dreinschaute, ein bisschen so wie sein Papa, als er ihm erzählt hatte, dass Arthurs Mutter seine richtige Freundin werden wollte, und sein Papa ihn gebeten hatte, niemandem etwas davon zu sagen. Arthur hütete ein anderes Geheimnis – aber welches?

Na schön, amüsieren konnte man sich trotzdem ganz gut, es waren nämlich auch andere Kinder da, die Petit Hector nicht kannte: Nachbarn von Arthur, die ziemlich lange kurze Hosen und weiße Strümpfe trugen, und dann zwei von Arthurs Cousinen, die ein bisschen älter waren als er und eine Schule nur für Mädchen besuchten, und schließlich noch drei Schulkameradinnen, mit denen Arthur oft spielte und für die er sogar Kleider zeichnete, die sie sehr mochten. Und natürlich Binh, womit immerhin drei der Fantastischen Fünf anwesend waren, und die beiden anderen kamen ja vielleicht noch.

Petit Hector fing mit den beiden Jungen, die er noch nicht kannte, eine Unterhaltung an. Zuerst fragte er sie, weshalb sie diese langen Shorts und diese weißen Strümpfe trugen, aber damit kam er bei ihnen nicht so gut an, und sie sagten, dass es in ihrer Schule eben so üblich sei und dass es sich um eine sehr, sehr gute Schule handele. Petit Hector sagte sich, dass man sich über die beiden bestimmt schon lustig gemacht hatte wegen ihrer Hosenlänge und Sockenfarbe, sodass sie auf solche Fragen nun empfindlich reagierten. Dann fragte er sie, welche Videospiele sie kannten, aber – Überraschung! – sie kannten kein einziges, denn ihre Eltern wollten nicht, dass sie so was spielten; es sei nämlich sehr schlecht für kleine Jungen, und eigentlich sollten alle Eltern das wissen. Petit Hector merkte, dass er schon wieder ins Fettnäpfchen getreten war. Also wandte er sich lieber den beiden Cousinen von Arthur zu, die auf dem Sofa miteinander flüsterten und sich über alle Anwesenden ein bisschen lustig machten. Petit Hector fiel auf, dass Carole, die Größere der beiden, unter ihrem Pullover schon Brüste hatte, ein bisschen wie die Erwachsenen. Von dieser Entdeckung wurde ihm ganz seltsam zumute, denn er hatte die ganze Zeit Lust, ihr auf den Pullover zu schauen, und gleichzeitig war ihm klar, dass man das nicht machte, schon gar nicht bei Carole mit ihrer so ernsthaften Art. Petit Hector fand es ziemlich anstrengend, mit ihr zu sprechen, aber mit dem anderen Mädchen, das Annie hieß und lustiger war, unterhielt er sich gern, und so fragte er sie, ob sie nicht mit ihm spielen wolle.

»Was denn«, sagte Annie.

Das war eine gute Frage. Auf dem Tisch standen eine Menge leckere Dinge zum Essen, und es gab auch herrliche große Sessel und einen Kamin, in dem ein ganzes Bett Platz gefunden hätte, aber Spielsachen oder Videospiele suchte man vergebens.

In diesem Augenblick kam Arthurs Maman zu ihnen und sagte: »Die Sonne lacht, geht doch raus in den Garten!«

Und daraufhin fielen alle in den Garten ein, der ebenfalls sehr groß war und hohe Bäume hatte.

Hier war es wirklich toll, es gab Schaukeln, eine Hängematte, einen kleinen Tisch mit Stühlen und sogar ein kleines Blockhaus, das in allen Farben bemalt war. Arthurs Nachbarn sagten, sie seien die Cowboys und Hector, Arthur und Binh die Indianer, und das Holzhaus war das Fort. Die Indianer schlichen immerzu drumrum, und Cowboys und Indianer schossen aufeinander, und von Zeit zu Zeit fiel jemand um, weil er tot war. Arthur spielte nicht lange mit, sondern gesellte sich wieder zu den Mädchen, die um den Tisch herumsaßen und so taten, als wären sie hochnäsige Gäste, und bei allen Speisen sagten: »Das hat zu lange gekocht« oder: »Total kalt« oder: »Schon wieder Kacke in der Blutwurst«, und alle lachten sich krumm.

Später kamen Arthurs Nachbarn aus dem kleinen Holzhaus heraus, und Binh und Petit Hector gingen hinein, und jetzt mussten sie das Fort verteidigen, aber die anderen Jungen versuchten immer einzudringen und sie hinauszuwerfen, und Petit Hector sah schon den Moment nahen, wo

Binh auf sie einschlagen würde, und so rief er lieber schnell Arthur, und der sagte, seine Maman wünsche es nicht, dass sich die Gäste prügeln. Hinterher beruhigten sich alle wieder, aber Petit Hector spürte, dass Arthurs Nachbarn niemals seine oder Binhs Freunde werden würden.

Danach gingen sie zu den Schaukeln hinüber, und dort legte jeder richtig los, sogar die Mädchen. Als Petit Hector und Binh gerade einmal nicht schaukelten, sahen sie den beiden Schwestern zu, die sich sehr hoch in die Lüfte schwangen, und von Zeit zu Zeit konnte man ihre Schlüpfer sehen, besonders den von der großen Carole, die wirklich schon wie eine Erwachsene aussah.

»Komisch«, meinte Binh, »wenn ich da hinschaue, wird mein Pimmel ganz hart, und ich fühle mich dann so seltsam.«

»Ich auch!«, sagte Petit Hector.

Es war unglaublich; er hatte bemerkt, dass ihm genau dasselbe passierte, wenn er nachts von den Meerjungfrauen träumte und im Traum ihre Brüste sah, aber nicht so wie in den Büchern, wo immer Haare davor sind, oder wenn er Mädchen sah, die älter als Amandine waren; aber weshalb sein Pimmel ganz hart wurde, hatte er nie begreifen können, und er hatte sogar gedacht, er wäre der einzige Junge auf der Welt, dem so etwas widerfuhr. Und jetzt war Binh genau dasselbe passiert!

Noch eine Frage, die er seinen Eltern stellen musste.

Als es dämmerte, rief Arthurs Mutter alle wieder ins Haus, wo sie noch mehr Sandwichs vorbereitet hatte und Getränke in allen Farben, aber Petit Hector fühlte sich ein bisschen traurig, weil wieder ein Tag zu Ende ging, an dem er Amandine nicht gesehen hatte – und morgen, am Sonntag, würde er sie ebenso wenig sehen. Er hatte Arthur gebeten, sie mit einzuladen, aber der hatte entgegnet, dass seine Eltern die Eltern von Amandine nicht kannten, was eine komische Begründung war, denn eines Tages hatte Petit Hector gesehen, wie sich ihre Mütter unterhalten hatten, und Amandines Mutter schien sich sehr zu freuen, mit Arthurs Mutter zu sprechen, aber umgekehrt war es nicht ganz so.

Und dann kam der Großvater von Binh, ein Herr, der sehr bedächtig wirkte und in ganz höflichem Ton sprach. Er hatte einen lustigen Akzent, während Binh überhaupt keinen hatte. Er sagte zu Arthurs Mutter ein paar liebenswürdige Dinge, und dann verschwand er mit Binh.

Petit Hector setzte sich zu Arthur und den Mädchen und zeichnete mit ihnen. Er brachte Monster mit Fangarmen aufs Papier und Riesenspinnen, bei deren Anblick die Mädchen kreischen mussten; sie wiederum zeichneten Häuser mit Gärten, und Arthur zeichnete Menschen in die Gärten, und er machte das richtig gut, als wäre er schon erwachsen, und alle Menschen, die er zeichnete, waren schick angezogen. Irgendwann hörte Petit Hector es an der Tür klingeln, aber er achtete nicht groß darauf. Dann musste er auf die Toilette. Er irrte ein wenig im Haus umher und kam wieder in die Diele, und da erblickte er plötzlich seinen Papa und Arthurs Mutter, die, halb hinter einer Tür versteckt, ganz nahe beisammenstanden und miteinander flüsterten. Sein Papa drehte ihm ein wenig den Rücken zu, aber er sah das Gesicht von Arthurs Mutter, die seinem Vater ins Gesicht schaute, und was Petit Hector da sah, machte ihm Angst: Es war Liebe.

Für Petit Hector war das ein Schock; er lief schnell in die andere Richtung davon, und durch einen glücklichen Zufall rannte er genau ins WC und schloss sich dort ein.

Er setzte sich auf die Toilettenbrille und pinkelte, und danach blieb er einfach sitzen und versuchte nachzudenken, aber es wollte ihm nicht gelingen.

Er blieb so lange sitzen, bis er am Ende Stimmen hörte, die »Hector? Hector?« riefen – die Stimme von Arthurs Mutter, die Stimme seines Papas und Arthurs Stimme –, aber er meldete sich nicht.

Am Ende ruckelte jemand an der Toilettentür, und Arthurs Mutter rief: »Hector, bist du da drin?« Und jetzt sagte er Ja und dass alles in Ordnung sei und dass er gleich rauskommen werde.

Später im Auto beobachtete er seinen Vater beim Fahren; er wusste überhaupt nicht, was er sagen sollte, und traute sich auch nicht, irgendwas zu fragen, schon gar nicht, weshalb sein Pimmel steif wurde, wenn er träumte oder die großen Mädchen betrachtete.

Eins jedoch wusste er mit Sicherheit – das Glück hatte sich für heute verabschiedet.

Vor dem Schlafen schrieb er in sein Notizbüchlein:

Glück kann nicht endlos lange andauern.

Petit Hector bespricht eine Männersache

Es war am späten Sonntagnachmittag; sein Papa las in der Zeitung, während seine Maman im Fitnessstudio war.

»Papa?«

»Ja?«

»Kann ich Amandine später heiraten?«

»Hm, das weiß ich doch nicht. Bis dahin sind es noch viele Jahre, und bist du sicher, dass ihr euch dann immer noch mögen werdet?«

»Ja, ich werde sie immer und ewig lieben.«

Sein Papa schaute ihn mit sehr ernster Miene an.

»Es ist schön, dass du so denkst, aber weißt du, man kann niemals sicher sein.«

»Willst du damit sagen, dass man jemanden zuerst sehr lieb haben kann und später gar nicht mehr?«

»Ja, das kommt vor. Schau mal, manche Leute lassen sich scheiden, und dabei haben sie sich, als sie heirateten, auch einmal geliebt.«

Das wusste Petit Hector schon selbst, und es hatte ihn sehr nachdenklich gemacht.

»Liebst du Maman immer noch?«

Sein Papa schaute sehr verwundert drein.

»Aber natürlich! Warum stellst du mir so eine Frage?«

Petit Hector druckste herum: »Weil letztens … als …«

Weiter wagte er nichts zu sagen.

»Letztens? Als ich mich mit deiner Maman ein bisschen gestritten habe?«

Seine Eltern hatten abends ausgehen wollen, und sein Vater meckerte herum, weil Petit Hectors Maman nicht fertig war, sie waren schon spät dran, und sie sagte, dass es bloß daran lag, dass sie sich die ganze Zeit um die beiden Hectors kümmern musste. Petit Hector saß im Wohnzimmer und guckte Trickfilme, aber er hatte alles mitgehört. Es war jedoch nicht weiter schlimm gewesen, kein richtig großer Streit.

»Nein, ich meine, als du bei ... gestern bei ...«

»Als ich was?«

»Bei Arthur ...«

Jetzt war es ihm doch herausgerutscht. Sein Papa dachte sehr angestrengt nach, und plötzlich konnte man sehen, dass er begriffen hatte.

»Hast du mich mit Arthurs Maman gesehen?«

»Ja.«

»Na gut, ich habe mich eben mit ihr unterhalten.«

»Aber ihr habt beim Reden ganz eng beieinandergestanden!«

»So eng nun auch wieder nicht.«

»Und ihr habt geflüstert, damit euch keiner hört!«

»Wir wollten euch bloß nicht stören.«

»Wir saßen doch in einem ganz anderen Zimmer!«

»Und außerdem gibt es vielleicht Dinge, von denen die Erwachsenen nicht wollen, dass Kinder sie mithören.«

»Was denn?«

Petit Hector spürte, dass er kurz davor war, loszuheulen, und auch sein Papa konnte das sehen.

»Petit Hector, ich kann dir nicht alles erzählen, denn es gibt Dinge, die du erst später begreifen wirst. Verstehst du das?«

»Nein!«

Sein Papa musste noch einmal nachdenken.

»Eins kann ich dir auf jeden Fall sagen: Ich liebe deine Maman, und ich möchte, dass wir uns niemals trennen. Verstehst du?«

»Ja ...«

»Und Arthurs Maman ist sowieso nicht meine heimliche

Freundin, selbst wenn sie es vielleicht gern möchte; ich jedenfalls möchte es nicht. Verstehst du?«

»Ja.«

»Aber sprich bitte nie mit Arthur darüber, denn seine Maman wird sowieso nie meine Freundin werden, und er soll sich nicht umsonst Sorgen machen. Verstehst du?«

»Ja.«

»Und auch du hast also keinen Grund, dir Sorgen zu machen, und der Beweis dafür ist, dass ich Arthurs Maman ja immer nur sehe, wenn ich dich von irgendwo abhole, und da bist du schließlich immer mit dabei, verstehst du?«

»Ja.«

»Also würde ich froh sein, wenn du dir nicht mehr den Kopf darüber zerbrichst, denn es wird niemals passieren, dass deine Maman und ich auseinandergehen.«

»Ja, aber vorhin hast du doch gesagt, man kann niemals sicher sein …«

»Stimmt, aber Maman und ich, wir sind schon lange erwachsen, und da ist man sicher.«

Petit Hector fühlte sich mit einem Mal beruhigt. Sein Papa sah überhaupt nicht verlegen aus, er sprach die Wahrheit. Petit Hector sagte sich, dass Arthurs Mutter vielleicht heimlich die Freundin seines Papas sein wollte (selbst wenn dessen Auto längst nicht so schön war wie das von Arthurs Vater), aber dass sein Papa keine Lust darauf hatte, ein bisschen so, wie es Petit Hector mit Claire ging. Und sein Vater und seine Mutter, das war so wie mit ihm und Amandine, also für immer und ewig.

»Na schön«, sagte sein Papa, »und jetzt möchte ich dich um das Gleiche bitten wie letztens, denn sonst würde sich Maman Sorgen machen.«

»Es ist also ein Geheimnis?«

»Genau. Wenn du deswegen beunruhigt bist, kannst du immer mit mir sprechen, aber bitte nicht mit Maman. Es ist eine Männersache, verstehst du? Es gibt Dinge, über die spricht man nur unter Männern oder unter Jungs. Und dann gibt es Dinge, über die man nur unter Mädchen spricht. Verstehst du?«

»Ja.«

»Und wenn man ein Geheimnis hüten kann, dann heißt das, dass man erwachsen geworden ist, verstehst du?«

»Ja.«

»Quält dich noch eine andere Frage?«

»Ja.«

»Schieß los.«

»Warum wird mein Pimmel manchmal hart?«

Sein Papa wirkte plötzlich ganz erleichtert, als hätte er eine gute Nachricht vernommen.

»Ach, das kann ich dir erklären ...«

Und am Abend schrieb Petit Hector in sein Notizbüchlein:

Wenn man ein Geheimnis hüten kann, heißt das, man ist ein Mann.

Wenn der Pimmel ganz hart wird, trainiert man damit, später Babys zu machen.

Das ist Liebe.

Große Liebe ist für immer.

Petit Hector und die Religionen

Am Montag waren sie alle fünf wieder in der Schule – Hector, Arthur, Binh und auch Guillaume und Orhan, die nicht zu Arthurs Picknick gegangen waren. Petit Hector sagte ihnen, wie schade es gewesen sei, dass sie nicht hatten kommen können. Orhan sagte dazu nichts, aber Petit Hector sah, dass er ein bisschen traurig war. Guillaume aber rief: »Ich wusste ja gar nichts davon!« Arthur setzte zu einer verworrenen Erklärung an – das Picknick sei erst in letzter Minute geplant worden, seine Eltern hätten Guillaumes Eltern telefonisch nicht erreichen können und so weiter. Binh sagte, beim nächsten Mal solle Arthur einfach alle selbst benachrichtigen; auf diese Weise erspare man sich die ganzen umständlichen Geschichten von Eltern zu Eltern.

Arthur machte eine verlegene Miene, und Petit Hector sagte sich, dass ihm vielleicht ein Schnitzer unterlaufen war, als er vom Picknick bei Arthur erzählt hatte, aber schließlich hatte ihm auch niemand gesagt, dass es ein Geheimnis sei.

An diesem Tag sprach der Klassenlehrer über die Religionen.

Petit Hector freute sich, denn er stellte sich immer mehr Fragen zu diesem Thema. Er besuchte mit seiner Mutter die heilige Messe, aber er wusste, dass von den anderen vier Fantastischen keiner dort hinging.

Er fragte sich also, ob sie an Gott den Herrn glaubten oder wie die Kikuyu an einen anderen Gott oder womöglich an überhaupt keinen.

Manche Religionen waren tot, kein Mensch glaubte mehr an sie, und so waren auch ihre Götter gestorben, zum Beispiel die griechischen Götter, die ihnen der Lehrer im Museum gezeigt hatte.

»Aber wie kann man wissen, ob ein Gott tot ist?«, fragte Binh.

Der Klassenlehrer schien ein bisschen nachdenken zu müssen.

»Na ja, er ist tot, wenn niemand mehr an ihn glaubt.«

Petit Hector fand das nicht ausreichend. Ein Mensch kann schließlich irgendwo noch am Leben sein, obwohl alle Welt glaubt, dass er tot ist. Die großen Schwestern von Binhs Papa, die von Piraten entführt worden waren, hatte man auch niemals wiedergesehen, aber das bedeutete doch nicht, dass sie nicht mehr am Leben waren. Warum konnte das nicht auch mit den griechischen Göttern so sein? Wie wollte man wissen, ob sie nicht doch irgendwo weiterlebten?

Aber der Lehrer hatte schon angefangen, von den lebenden Religionen zu sprechen, und so war der richtige Augenblick für die Frage vorbei.

Da war natürlich die Religion von Jesus, aber der Lehrer erklärte, dass es von ihr mehrere Varianten gab, zum Beispiel eine, bei der man auch die Mutter von Jesus anbetete, und eine, wo man das nicht tat.

Die Eltern von Guillaume gehörten zur letztgenannten Variante, der Religion, die man protestantisch nannte, weil sie gegen die erste Variante, die mit dem Papst, protestiert hatte. Zwar ging Guillaume mit seinen Eltern auch in eine Kirche, aber dort war es anders, und an den Wänden gab es keine Standbilder von Heiligen, und überhaupt hieß es auch nicht »heilige Messe«, sondern »Gottesdienst«.

Zu den Religionen gehörte auch die von Mohammed. Mohammed war ein paar Jahrhunderte nach Jesus aufgetreten und hatte selbst ein Buch verfasst (während Jesus gar nichts aufgeschrieben hatte, bloß einige seiner Freunde hatten sich ein paar Notizen gemacht). Für die Leute, die an die Religion von Mohammed glaubten, war dieses Buch das Wort Gottes in Live.

Orhan und seine Eltern glaubten an diese Religion, und auch in Mohammeds Buch stand, dass Jesus wichtig war, aber natürlich nicht so wichtig wie für die Leute von der Jesus-Religion. Petit Hector wusste, dass man über Mohammeds Religion gerade viel redete, denn manche Leute, die richtig stark an sie glaubten, neigten dazu, sich mit Bomben in die Luft zu sprengen, sogar inmitten von Leuten ihrer eigenen Religion; sie fanden nämlich, dass diese Leute nicht stark genug an Mohammed glaubten und dass es ihnen eine Lehre sein würde.

Der Lehrer erklärte ihnen, dass auch die Leute, die an Jesus glaubten, sich vor langen Jahren im Namen von Jesus untereinander bekriegt hatten. Ein jeder hatte gemeint, dass der andere nicht auf die richtige Art und Weise glaube, und so hatten sie sogar die Babys von der Religion der Gegenseite umgebracht. Petit Hector spürte, dass diese ganzen Erläuterungen Orhan verlegen machten. In der Pause fragte er ihn nach dem Grund.

»Das kommt, weil ich Angst habe, dass man uns mit den Bombenlegern in einen Topf wirft.«

Aber wer konnte Orhans Vater schon für jemanden halten, der Bomben explodieren lässt – schließlich baute er ja Häuser!

»Weiß ich doch«, meinte Orhan, »aber die Leute …«

»Und deine Eltern glauben wirklich an Mohammed?«

»Ja, sie gehen in die Moschee.«

»Und du, gehst du auch in die Moschee?«

»Ja, mit Papa.«

»Jede Woche?«

»Nein, nur manchmal.«

Orhans Eltern glaubten an eine Religion, bei der man nur manchmal in so eine Art Kirche gehen musste! Petit Hector fragte sich, ob Orhan nicht wirklich Glück hatte.

»Aber mein Großvater geht jeden Freitag hin«, sagte Orhan, »und ein Cousin von mir sogar jeden Tag!«

Petit Hector begriff, dass es keine Frage der Religion war, sondern immer von den Leuten abhing.

Nach der Pause sprach der Lehrer über Buddha. Buddha war Jesus ziemlich ähnlich, auch er hatte nichts aufgeschrieben und nur seine Freunde Notizen machen lassen. Allerdings war er schon zu seinen Lebzeiten ins Paradies gekommen, ohne dafür erst sterben zu müssen, und dieses Paradies nannte man Nirwana. Wie Jesus war auch er einverstanden gewesen, dass ihm sogar die Frauen zuhörten, und in jener Zeit war das eine große Neuheit, denn damals dachte man, dass sich die Frauen nur um die Babys und das Haus kümmern sollten; maximal durften sie noch auf den Reisfeldern arbeiten, während die Männer sich ausruhten. Nach seiner Ankunft im Nirwana hatte Buddha noch viele Jahre weitergelebt, um anderen Menschen zu helfen, ebenfalls dorthin zu gelangen. Am Ende war er sanft entschlafen, ganz anders als Jesus.

Und wie in den Religionen von Jesus und von Mohammed gab es auch hier verschiedene Richtungen; die einen dachten, dass Buddha tatsächlich verschwunden war wie eine Flamme, die erlischt, andere hingegen glaubten, dass Buddha so gut gewesen war, dass er ganz bestimmt noch irgendwo im Himmel sein musste, um uns zu helfen, das Nirwana zu finden. Auch Buddha sagte, dass wir alle Brüder seien, unsere Feinde inbegriffen, und dass man niemals Gewalt anwenden dürfe, und sogar Tiere solle man nicht töten. Aber vor langer Zeit hatten auch Länder mit Buddhas Religion untereinander Kriege geführt, und die einen hatten den anderen die Pagoden angezündet, selbst wenn sie derselben Richtung angehörten, und zu alledem hatte man sogar die Gefangenen umgebracht!

In der nächsten Pause begannen sich Petit Hector und seine Freunde über Jesus, Buddha und Mohammed zu unterhalten, und wenn man noch Herkules dazurechnete, der ja auch ein bisschen ein Gott war, und außerdem noch den Gott der Kikuyu, von dem Petit Hector ihnen berichtet hatte, dann hatte man schon fünf beisammen, und sie überlegten, ob sie mit diesen Göttern nicht eine schöne Geschichte erfinden könnten, die ein bisschen so war wie die Sache mit den Fantastischen Fünf.

Aber Arthur sagte, das ginge nicht, denn mit den Religionen dürften sie keine Späße machen.

»Warum nicht?«, fragte Petit Hector.

»Mein Vater hat gesagt, das macht man nicht.«

Petit Hector dachte an Arthurs Vater und an seine buschigen Augenbrauen. Wenn der so etwas sagte, verging einem wirklich die Lust aufs Späßemachen.

Aber welche Religion hatte Arthurs Vater eigentlich?

Er gehörte zur Religion von Jesus oder vielmehr von den Leuten, die an Jesus glaubten, aber die Mutter von Arthur gehörte direkt zur Religion von Jesus selbst, das heißt, zu der von den Vorfahren von Jesus. Aber heute war das kompliziert, wie ihnen der Lehrer erklärt hatte: Die Leute von der Religion von Jesus glaubten, dass Jesus der Sohn Gottes sei, aber die von der Religion von den Vorfahren von Jesus glaubten das nicht, sondern erwarteten einen anderen Jesus, der noch nicht aufgetaucht war. Und genau zu dieser Religion gehörte Arthurs Mutter.

»Na und du«, fragte Guillaume, »welches ist dann deine?«

»Gar keine«, meinte Arthur.

Weil seine Eltern kein Theater mit ihren eigenen Eltern haben wollten, die ja zwei verschiedenen Religionen angehörten, nämlich der von Jesus' Vorfahren und der von den Leuten, die direkt an Jesus glaubten, hatten sie beschlossen, dass Arthur gar keine Religion haben sollte. So machte man niemanden eifersüchtig.

»Und glaubst du nun an Gott?«, wollte Orhan wissen.

»Manchmal bete ich«, sagte Arthur.

»Aber was für Gebete betest du dann?«, fragte Petit Hector.

Wenn Arthur kein Gebet gelernt hatte, wie konnte er da überhaupt beten?

»Kommt drauf an«, sagte Arthur.

»Kommt worauf an?«

»Kommt drauf an, bei welcher Großmutter ich gerade bin.«

Es war also ein bisschen, als wenn Arthur zwei Religionen hatte – oder aber gar keine.

Die Sache mit Arthur, der mal nach Art seiner einen Großmutter betete und mal nach Art der anderen, brachte Petit Hector sehr zum Nachdenken: Er selbst betete ja zu Jesus, weil seine Mutter zu Jesus betete; auch Guillaume machte es wie seine Eltern, nämlich nach der Variante ohne die Jungfrau Maria; Orhan betete zu Mohammed, weil seine Eltern zu Mohammed beteten, und Binh betete hin und wieder zu Buddha, weil seine Eltern oder Großeltern es so machten.

Also war auch die Religion etwas, das von den Eltern kam.

Am Abend schrieb er in sein Notizbüchlein:

Die Religion kommt von den Eltern, also ist es kein Verdienst, die beste abgekriegt zu haben.

Aber welche war eigentlich die beste?

Die von seiner Maman selbstverständlich. Doch seine Freunde dachten von der Religion ihrer Mütter genau dasselbe – Arthur, der keine Religion haben musste, einmal ausgenommen.

Daraufhin begann Petit Hector zu überlegen und nochmals zu überlegen, und er konnte nicht einschlafen.

Am Ende verließ er das Bett und stieg die Treppe hinab. Seine Eltern saßen im Wohnzimmer und lasen.

»Petit Hector!«, sagte sein Papa. »Du solltest längst im Bett sein!«

»Was gibt es denn?«, fragte seine Maman.

»Ich kann nicht schlafen.«

»Hast du schon wieder Sorgen?«

»Nein, aber ich denke über die Religionen nach.«

»Über die Religionen?«

»Ja.«

Sein Papa schaute seine Maman an, denn Petit Hector und er wussten, dass Religion eher ihre Angelegenheit war.

»Na ja«, meinte Petit Hector, »warum hat es der liebe Gott nicht so eingerichtet, dass alle Leute dieselbe Religion haben? Er muss doch wissen, welche die beste ist!«

Eine Weile lang sagte niemand etwas.

»Exzellente Frage«, meinte dann sein Papa.

Seine Maman jedoch sah so aus, als würde sie sich Sorgen machen.

»Das ist wirklich ein schwieriges Problem, Petit Hector, und heute ist es schon spät. Lass uns darüber sprechen, wenn wir nächstes Mal zur Kirche fahren.«

»In Ordnung.«

Und Petit Hector legte sich wieder schlafen.

Jetzt fühlte er sich gut, weil er wusste, dass seine Maman ihm am nächsten Sonntag die Antwort sagen würde.

Petit Hector erfährt, was Verschiedenheit ist

Mit Amandine war es das Glück, aber ein nicht ausreichendes Glück, wie Petit Hector fand. Sie sahen sich immer nur auf dem Pausenhof, inmitten anderer Schüler, und auch wenn alle wussten, dass Amandine richtig seine Freundin war, konnten die beiden nicht viel miteinander reden und erst recht nicht sich küssen.

Petit Hector sagte sich, dass er Amandine zu sich nach Hause einladen musste. Dann würde sie nämlich sehen, dass er einen schönen Garten hatte, ein hübsches Haus (wenn es natürlich auch nicht so groß war wie das von Arthurs Eltern) und die besten Eltern der Welt, und sie würde ihn noch mehr lieben. Und vor allem, dachte Petit Hector träumerisch, könnten sie sich dann allein sehen und einander Küsschen geben!

Inzwischen konnte er sich ausmalen, wie er mit Amandine allein war, ohne dabei gleich »Hilfe!« rufen zu müssen.

Eines Tages gelang es ihm, nach dem Unterricht genau zur gleichen Zeit wie Amandine die Treppen hinunterzugehen und sie zum Tor zu begleiten.

»Maman wird uns sehen!«, sagte Amandine, und es schien sie ein bisschen zu beunruhigen.

»Na und, sieht sie uns eben!«

Petit Hector erinnerte sich an die Worte seines Papas: Mit Mädchen darf man nie so aussehen, als hätte man Angst, selbst wenn man welche hat.

Am Schultor erblickte er zuerst die Mutter von Amandine. Sie sah ihrer Tochter ein bisschen ähnlich, und bestimmt würde sie einer erwachsenen Amandine noch viel mehr ähneln. Aber sie war immer auf komische Weise angezogen; zum Beispiel trug sie eine Jacke über einem Kleid oder Hosen in ungewöhnlichen Farben und dazu große Ohrringe. Sie war nicht immer so tadellos frisiert wie seine Maman, und einmal hatte sie in ihren Haaren sogar eine rote Strähne gehabt. Aber na ja, das war die Verschiedenheit, und es sollte ihn nicht daran hindern, sie kennenzulernen. Petit Hector entdeckte nun auch seine eigene Maman, die wie immer schick angezogen und gut frisiert war, und er spürte sein Herz schlagen, als er dachte, dass er wirklich die hübscheste Maman der Welt hatte.

Und in diesem Augenblick nahm er Amandine bei der Hand, ging mit ihr schnurstracks auf seine Maman zu und sagte: »Maman, das ist Amandine. Können wir sie zu uns nach Hause einladen?«

Seine Maman sagte, man müsse erst einmal Amandines Mutter fragen, die passenderweise auch gerade zu ihnen herüberkam, und die beiden Mütter wechselten ein paar freundliche Worte miteinander. Petit Hector war sehr zufrieden, aber weil er seine Maman gut kannte, merkte er gleichzeitig auch, dass ihr dieses freundliche Gespräch nicht ganz so viel Spaß machte wie Amandines Mutter.

Am Ende wurde jedoch beschlossen, dass es Kaffee und Kuchen bei Petit Hector geben würde und dass man dazu noch andere Schulkameraden der beiden einladen wollte. Freilich würde es ein bisschen dauern, das alles zu organisieren. Amandines Mutter schlug vor, dass Petit Hector am nächsten Tag schon mal zum Mittagessen bei ihnen vorbeischauen könne. Die Familie von Amandine wohnte ganz in der Nähe, und Amandine aß nicht mit den anderen in der Schule, sondern ging mittags immer nach Hause. Petit Hectors Maman sagte: »Ja« und: »Natürlich«, und Petit Hector wäre vor Freude fast in die Luft gesprungen, selbst wenn Amandine schon wieder ein bisschen erschrocken dreinschaute.

Er glaubte, sich in einem Traum zu befinden: Schon morgen würde er bei Amandine zu Hause Mittag essen!

Als sie später im Auto saßen, sagte er: »Ich freue mich so auf morgen!«

»Hoffentlich wird es dir gefallen.«

»Selbstverständlich«, meinte Petit Hector.

»Erzähl mir danach, wie es war.«

»Na klar.«

Aber zugleich dachte er, dass er es womöglich doch nicht tun würde. Sollte er seiner Maman erzählen, dass er Amandine geküsst hatte? Nein, das würde er lieber mit seinem Papa besprechen.

Am nächsten Tag kam Amandines Mutter die beiden zu dem großen Ereignis abholen. Diesmal hatte sie herausgefunden, wie sie sich noch bizarrer anziehen konnte: Sie trug ein Kleid, aber darunter noch eine Art Hose, die sehr eng anlag.

Amandine wohnte in einem ziemlich alten Mietshaus; es gab darin keinen Aufzug, sondern nur eine große Holztreppe. Petit Hector fand das sehr hübsch, und hübsch war auch, dass auf jeder Etage die Bewohner schöne Bilder an ihre Wohnungstüren gemalt hatten, mit Blumen, Tieren und Texten, die er nicht so richtig verstand. Wahrscheinlich sollten sie einem aber schon mal eine Idee von dem Bewohner vermitteln, ehe man noch die Tür aufmachte.

Amandine und ihre Mutter wohnten im obersten Stockwerk, und alle waren ein bisschen außer Puste, als sie ankamen, besonders Amandines Mutter. Petit Hector war schon aufgefallen, dass sie vor dem Schultor manchmal rauchte, und er wusste, dass das sehr schlecht für die Gesundheit war und man niemals damit anfangen durfte, nicht mal mit einer einzigen Zigarette, denn sein Papa sagte immer, dass es hinterher so ähnlich wurde wie mit einer Droge.

Die Wohnung war ein bisschen verwunderlich. Zuerst fand Petit Hector, dass es überall ein bisschen so aussah wie in seinem Zimmer, wenn auf dem Fußboden eine Menge Zeug herumlag und seine Maman mit ihm schimpfte und ihm sagte, dass er es aufräumen solle.

»Da wären wir«, sagte Amandines Mutter. »Ich gehe in die Küche, und du kannst deinem Freund währenddessen die Wohnung zeigen.«

Und so stand Petit Hector plötzlich allein mit Amandine da. Er sagte sich, dass er keine Zeit verlieren durfte, um ihr einen Kuss zu geben, aber gleichzeitig war das ein wenig kompliziert, so mitten im Wohnzimmer. Und dann gab es da solche komischen Gegenstände, die ein bisschen aussahen wie riesige Kackhaufen, aber rosa, grün oder blau angemalt; auf einige hätte man sich draufsetzen können und über andere den Mantel hängen, aber man sah trotzdem gleich, dass es keine Stühle oder Garderobenständer waren.

»Das sind die Skulpturen von Papa«, sagte Amandine.

Petit Hector begriff, dass Amandines Vater Bildhauer war, aber er fand, dass das schwer zu erraten war, wenn es einem niemand dazusagte. Er war sehr froh, nicht gleich mit seiner ersten Idee herausgeplatzt zu sein: Riesenkackhaufen, die Kackhaufen von Tyrannosauriern, die alle möglichen Farbeimer leer gefressen hatten! Seine Freunde hätten sich darüber sicher schiefgelacht, aber Amandine natürlich nicht. Und jetzt schaute sie ihn sogar so an, als wollte sie herausfinden, ob er nicht heimlich in sich hineingrinste, und er sagte sich, dass sich bestimmt schon Leute über die Skulpturen ihres Vaters lustig gemacht hatten. Also sagte er schnell: »Sie sind sehr schön!«, und schwupps!, gab er Amandine einen Kuss, und er sah, dass sie eine kleine Träne im Augenwinkel hatte.

Danach führte sie ihn durch die Wohnung, und sie passten auf, nicht auf die vielen herumliegenden Dinge zu treten – Formulare, die ein bisschen aussahen wie die von den Steuern, Werkzeug, Pappkartons (mit Sachen aus der vorigen Wohnung, wie Amandine erklärte), Stapel von CDs und DVDs und sogar eine große Unterhose, bei der man nicht richtig wusste, ob sie dem Vater oder der Mutter von Amandine gehörte.

Schließlich kamen sie in Amandines Zimmer, und wie seltsam, hier war es ziemlich gut aufgeräumt. Amandine hatte viele schöne Fotos aus Zeitungen ausgeschnitten und an die Wände geklebt – Landschaften, Tiere, Fotos von Gemälden und auch von sich selbst. Auf dem Bett saßen eine Menge Plüschtiere in allen Farben, allen voran ein riesiger Hund, der so groß wie Amandine war. Er hatte lange herabhängende Ohren, und das eine Auge hing ihm auch ein bisschen herab.

»Das ist Yeats«, sagte Amandine. »Wenn ich schlafe, halte ich ihn ganz fest, und dann habe ich keine Angst.«

»Wenn wir zusammen schlafen würden, könnten wir uns ganz fest umarmen, und du würdest dich niemals mehr fürchten.«

Amandine schaute ihn an, und er schaute sie an und spürte, wie gern er sie hatte.

»Amandine, Hector, das Essen ist fertig!«

Und dann saßen sie zu dritt in der Küche, die auch nicht sehr gut aufgeräumt war, aber ziemlich lustig aussah mit vielen Fotos an der Wand, auf denen man Amandine sehen konnte, als sie noch klein gewesen war, oder ihre Eltern, die zusammen mit Freunden in die Kamera lächelten. Amandines Vater war ein großer bärtiger Mann, der immer so aussah, als würde er Späße machen.

Amandines Mutter hatte Nudeln gekocht und dazu eine Tomatensoße, von der das Glas noch offen auf dem Tisch stand. Es schmeckte nicht besonders, und eigentlich mochte Petit Hector auch gar keine Nudeln (höchstens die kleinen in Buchstabenform, wie man sie in der Suppe findet), aber na ja, er aß trotzdem und tat so, als würde er es lecker finden. Amandines Mutter hatte sich ein Bier aufgemacht, und für die Kinder gab es Wasser mit Orangensirup.

Sie schien sehr zufrieden zu sein und zündete sich eine Zigarette an.

»Maman«, sagte Amandine, »Papa sagt, dass man nicht rauchen soll.«

»Ach, der immer mit seinen Belehrungen! Fang du nicht auch noch an!«

»Maman!«, sagte Amandine.

Und Petit Hector sah, dass sie den Tränen nahe war.

»Na gut«, sagte Amandines Mutter, »wenn es so ist, rauche ich eben auf dem Balkon.«

Sie griff nach ihrer Bierflasche und verzog sich in Richtung Wohnzimmer. Petit Hector hörte das Ächzen der Balkontür, und dann strich ein Luftzug bis in die Küche und brachte seltsame Dinge zum Schaukeln, die von der Zimmerdecke hingen. Man hätte sie für tiefgefrorene und auch ein bisschen verschmorte Fledermäuse halten können, und diesmal erriet Petit Hector sofort, dass es ebenfalls Skulpturen von Amandines Vater waren.

Nun war er mit Amandine ganz allein in der Küche. Amandine machte den Kühlschrank auf – Petit Hector bemerkte, dass nicht gerade viel drin war, anders als bei ihm zu Hause, wo fast immer eine Dose oder ein Becher herausfielen, wenn man die Tür aufmachte –, und dann öffnete sie das Gefrierfach und zog eine große Plastikdose Karamelleis heraus. Die Packung war schon angebrochen, denn man konnte Löffelspuren im Eis sehen, und so amüsierten sie sich damit, es weiter auszuhöhlen und Kanäle hineinzuziehen, und dabei ließen sie sich das Eis schmecken und schauten einander in die Augen. Es war das Glück!

Dann hörten sie die Wohnungstür aufgehen und schwere Schritte näher kommen, und eine Stimme rief: »Jemand zu Hause?«

»Das ist Papa«, erklärte Amandine.

Aber statt von ihrem Stuhl aufzuspringen, wie es Petit Hector getan hätte, wenn sein Papa nach Hause kam, aß sie weiter ihr Eis, oder eigentlich hörte sie auf, ihr Eis zu essen, und blieb regungslos sitzen.

Schließlich kam Amandines Vater in die Küche. Er sah

wie auf den Fotos aus, groß und bärtig, und es fiel Petit Hector auf, dass er die gleichen Augen wie Amandine hatte.

»Aber Amandine, wer ist denn dieser nette Junge?«

»Das ist Hector.«

»Guten Tag, Hector«, sagte Amandines Vater und reichte ihm die Hand wie einem Erwachsenen.

»Guten Tag, Monsieur.«

»Ihr versteht euch also gut, Kinder?«

Petit Hector wollte sagen: »Ja, und später werden wir heiraten«, aber dann verkniff er es sich doch, denn es war zu früh, und Amandines Eltern kannten ihn ja noch gar nicht richtig.

»Ja, Monsieur.«

»Schau mal einer an, so ein wohlerzogener Junge! Wo ist deine Mutter, Amandine?«

»Auf dem Balkon.«

»Hier bin ich«, sagte die Mutter, die gerade vom Rauchen zurückkam.

Es war merkwürdig – Amandines Vater schien sich überhaupt nicht zu freuen, sie zu sehen.

»Verdammt noch mal«, sagte er, »hast du nicht gesagt, dass du dich um die Telefonrechnung gekümmert hast?«

»Amandine, geht mal in dein Zimmer«, sagte seine Frau.

Und so standen sie beide wieder im Kinderzimmer, und Amandine zog die Tür hinter sich zu.

An die Wand gelehnt stand eine große Zeichenmappe, die Petit Hector und Amandine fast bis zur Stirn reichte.

»Was ist das denn?«, fragte Petit Hector.

»Das sind Mamans Zeichnungen«, sagte sie.

Petit Hector spürte, dass sich Amandine mit den Zeichnungen ihrer Mutter behaglicher fühlte als mit den Skulpturen ihres Vaters.

»Darf ich sie mal sehen?«

Amandine löste die Bändchen der Zeichenmappe, und

dann setzten sie sich auf den Teppichboden, um die Bilder von Amandines Mutter zu betrachten.

Petit Hector traute seinen Augen nicht – sie waren wunderschön! Man konnte auf ihnen sehr dünne Damen mit eleganten Kleidern sehen, und sie waren richtig gut gezeichnet. Obwohl sich Amandines Mutter selber auf komische Weise anzog, waren die Kleider, die sie für andere Leute gezeichnet hatte, die allerschönsten, die Petit Hector je zu Gesicht bekommen hatte.

Und dann gab es noch andere Zeichnungen – mit Feen, Schlössern, kleinen Kaninchen, einem Ritter und einer Prinzessin.

»Das hat sie für ein Kinderbuch gemacht«, sagte Amandine.

Auch diese Bilder waren sehr schön; die Prinzessin ähnelte Amandine ein wenig, die Kaninchen waren richtig niedlich, und die Landschaft sah ein bisschen aus wie die Landschaften, die man im Traum sieht.

Das war Kunst, ganz schwierige Kunst sogar. Petit Hector sagte sich, dass er selbst niemals so gut zeichnen könnte, selbst wenn er jahrelang üben würde. Das mit der Tyrannosauruskacke hingegen würde er bestimmt hinbekommen, und zwar schon morgen!

»Und hast du das Buch, in dem alle diese Bilder sind?«

»Nein. Am Ende wollten sie Mamans Zeichnungen nicht haben. Es hat nicht geklappt.«

Jetzt traute Petit Hector seinen Ohren nicht: Mit diesen Bildern sollte es nicht geklappt haben für ein Buch? Wenn man in der Schule fleißig lernte, bekam man gute Noten. Warum wollte man also diese wunderschönen Bilder von Amandines Mutter nicht in einem Buch abdrucken, das alle Kinder lesen würden?

Sie waren gerade dabei, die Zeichnung zu bewundern, auf der sich der Ritter und die Fee unter einer großen Eiche begegnen, als Petit Hector die Stimme von Amandines Vater hörte. Sie kam vom anderen Ende der Wohnung, und das bedeutete, dass er sehr laut schrie. Und dann hörten sie Amandines Mutter, die auch sehr laut war.

Amandine blickte jetzt nicht mehr auf die Zeichnungen; sie rührte sich gar nicht mehr, und Petit Hector sah, dass sie den Tränen nahe war.

Er konnte nicht alles verstehen, was sich Amandines Eltern zu sagen hatten, aber er wusste, dass es ein richtig großer Streit war, und dass der einzige richtig große Streit seiner Eltern, den er je mitbekommen hatte, damit verglichen überhaupt nichts war – ein bisschen wie Level eins bei einem Computerspiel, während dieser hier mindestens Level drei war. Als er sah, wie Amandine so regungslos dasaß, sagte er sich, dass so eine Szene bestimmt nicht zum ersten Mal passierte, sondern wahrscheinlich ganz schön oft.

»Amandine!«

Sie schaute Petit Hector an, aber ohne ihn gleich zu sehen, und dann schreckte sie hoch, weil ihr Vater noch ein ganzes Stück lauter als vorher brüllte.

Da legte ihr Petit Hector ganz sacht seine Hände auf die Ohren, und dann gab er ihr einen Kuss, der ziemlich lange dauerte, und so blieben sie sitzen, ohne sich zu rühren.

Als er am Abend nach Hause kam, fragte ihn seine Maman: »Na, war es bei Amandine schön?«

»Sehr schön.«

»Hattest du ein gutes Mittagessen?«

»Es ist nicht so wie bei uns.«

»Was ist denn anders?«

»Dort ist es nicht aufgeräumt.«

»Ach so?«

»Und im Kühlschrank ist fast nichts drin.«

»Petit Hector, es ist doch ganz normal, dass es bei anderen nicht genauso aussieht wie bei uns.«

Seine Maman erklärte ihm, dass dies die Verschiedenheit war; es waren eben nicht alle Menschen gleich, und sie taten auch nicht alle das Gleiche. Alle waren anders als die anderen, und man musste einverstanden sein mit dieser Verschiedenheit.

»Verstehst du das?«, fragte seine Maman.

»Ja.«

Petit Hector vergaß nicht, dass er mit seiner Maman sprach. Wenn er ihr Angst machen würde mit dem, was bei Amandine passierte, würde sie ihn vielleicht nie wieder hingehen lassen oder ihm sogar verbieten, Amandine zu sehen …

»Und was gab es zum Mittagessen?«

»Nudeln.«

»Aha … Und du hast sie gegessen …«

»Natürlich.«

»Ich bin stolz auf dich, Petit Hector.«

»Der Vater von Amandine ist Bildhauer.«

»Ach so? Was für Skulpturen macht er denn?«

»Nicht solche wie in dem Museum, wo wir mit der Klasse waren.«

»Das waren ja auch Skulpturen von früher.«

»Die von früher gefallen mir besser«, sagte Petit Hector. »Aber Amandines Mutter macht sehr schöne Zeichnungen.«

»Was für welche?«

»Total schicke Kleider. Und außerdem noch Zeichnungen für Kinderbücher.«

»Ach, wirklich? Die würde ich mir auch gern einmal anschauen.«

»Aber sie haben ihre Zeichnungen für das Buch nicht genommen. Ich verstehe das nicht, sie sind wirklich sehr schön!«

»Ach weißt du«, seufzte seine Maman, »so einfach ist das Leben nicht.«

»Warum?«

»Selbst wenn man sein Bestes gibt, gelingt es nicht immer. Es ist ein bisschen wie mit deinem Papa: Er macht alles, was er kann, damit es den Leuten besser geht, aber bei manchen funktioniert es nicht.«

Petit Hector überlegte.

»Ja, aber wenn du eine schöne Präsentation machst, wirst du doch auch dafür belohnt.«

»Nein, Petit Hector, nicht immer. Manchmal gefällt den Leuten meine Präsentation nicht. Und hinterher habe ich Probleme … aber keine schlimmen.«

»Wenn ich in der Schule gut arbeite, bekomme ich immer eine gute Note!«

Also nahm seine Maman sich ein wenig Zeit, um ihm zu erklären, dass man im Leben stets sein Bestes geben musste, aber dafür nicht immer belohnt wurde, und trotzdem musste man sich immer wieder anstrengen, und vielleicht würden eines Tages auch die Zeichnungen von Amandines Mutter Erfolg haben.

Am Abend wollte er etwas in sein Notizbüchlein schreiben, aber es fiel ihm schwer. Er schrieb nichts als immerzu das Wort »Amandine« auf alle mögliche Art und Weise, und am Ende füllte das eine ganze Seite aus.

Hinterher überlegte er noch einmal und schrieb:

Verschiedenheit ist etwas Trauriges.

Bildhauerei ist etwas Schönes, aber es kommt darauf an, ob man sie mag – genau wie bei Nudeln.

Selbst wenn man sehr gute Sachen macht, wird man im Leben nicht immer dafür belohnt, und dann muss man von vorn beginnen.

Ich will nicht, dass Amandine Kummer hat.
Ich will nicht, dass Amandine Kummer hat.
Ich will nicht, dass Amandine Kummer hat.

Petit Hector hat Scherereien

Kaum hatte Petit Hector begonnen, mit Amandine glücklich zu sein, bekam er auch schon Scherereien. Das wunderte ihn nicht weiter, denn er hatte bereits begriffen, dass es im Leben eben so lief: Das Glück dauerte nicht endlos lange an. Und wenn alles, absolut alles, gut klappt, dann kann es nicht ewig so weitergehen; es wird immer irgendetwas schiefgehen in einer der verschiedenen Sorten von Leben.

Das Leben im Klassenzimmer lief für Petit Hector ganz ordentlich weiter. Er hatte gute Noten und schaffte es inzwischen sogar, unbemerkt zu schummeln, um Guillaume zu helfen. Dabei hatte er es jetzt sogar schwerer als früher, weil Guillaume und er nicht mehr nebeneinandersaßen. Wie er es anstellte? Das ist ein Geheimnis, wir verraten es Ihnen nicht.

Der Klassenlehrer aber sah nicht richtig glücklich aus, auch wenn er weiterhin freundlich war und ihn fast alle im Grunde gern hatten.

Petit Hector sagte sich, dass es wahrscheinlich nicht so gut klappte mit der Lehrerin, denn in letzter Zeit hatten Guillaume und er sie nicht mehr zusammen auf der Straße gesehen, obwohl sie denselben Weg einschlugen wie ihr Lehrer und ihn beschatteten. Petit Hector fand das so aufregend, dass er inzwischen sicher war, später einmal Spion werden zu wollen, um Leute unbemerkt zu verfolgen zu können oder Geheimnisse zu kennen, von denen sonst niemand etwas ahnte.

Natürlich wusste Petit Hector, dass auch die Sache zwischen dem Lehrer und der Lehrerin ein Geheimnis war.

Seine Eltern hatten es ihm erklärt, aber Guillaume hatten sie es natürlich nicht erklärt. Und so hatte Guillaume es Arthur erzählt, was nicht weiter schlimm war, denn Arthur war ja ein guter Freund, aber Arthur hatte es den Mädchen gesagt, die mit ihm befreundet waren, und die Mädchen konnten natürlich noch weniger wissen, dass es ein Geheimnis war, und hatten es anderen Mädchen erzählt – kurz und gut, inzwischen wusste die ganze Schule Bescheid.

Petit Hector war das unangenehm, denn sein Papa hatte ihm ja gesagt, dass es besser ein Geheimnis bleiben sollte.

»Och«, meinte Arthur, »jetzt wissen es alle, und es passiert auch nichts Schreckliches.«

»Trotzdem«, sagte Petit Hector.

»Ich finde es sehr gut, dass sie sich lieben«, sagte Amandine, »dann heiraten sie später nämlich, und dann gibt es ein großes Fest, und wir werden vielleicht eingeladen.«

»Das wäre toll!«, sagte Binh.

Guillaume aber meinte: »Ich weiß nicht, ob sie mich einladen würden – bei meinen Noten ...«

»Mich vielleicht auch nicht«, sagte Orhan, aber bei ihm konnte es nicht an den Noten liegen.

»Sie sind doch nett«, sagte Amandine, »sie laden alle ein.«

Jetzt war es nämlich so, dass Amandine und Petit Hector fast ständig zusammen waren, sogar auf dem Pausenhof, und Petit Hector spielte ein bisschen weniger mit seinen Freunden und Amandine ein bisschen weniger mit ihren Freundinnen, aber niemand war ihnen deswegen böse, oder jedenfalls merkte man nichts davon.

»Mich ärgert es trotzdem, dass alle darüber reden«, sagte Petit Hector. »Mein Vater sagt, dass so etwas ärgerlich ist.«

Darauf entgegnete niemand etwas, denn seit Petit Hector der Freund von Amandine geworden war, trauten sich seine Kumpel nicht mehr wie früher, mit ihm zu diskutieren; es war ein bisschen, als wäre er plötzlich größer als sie geworden.

Und bald mussten sie auch feststellen, dass Petit Hector recht gehabt hatte.

Am nächsten Tag gingen Arthur und Petit Hector eine Straße entlang, die gleich neben der Schule lag (seine Maman hatte ihm erlaubt, am Nachmittag zu Arthur zu gehen, auch wenn er lieber Amandine besucht hätte), und was sahen sie da?

Victor und Dezitonne zeichneten mit dicken Markerstiften in aller Eile etwas an das Bushäuschen. Als Petit Hector und Arthur näher kamen, konnten sie lesen, was da geschrieben stand: »Martin und Sabine«. Martin und Sabine waren aber die Vornamen des Lehrers und der Lehrerin.

Warum nicht, werden Sie jetzt vielleicht sagen, aber leider hatten sie Martin und Sabine auch noch gezeichnet, und weil sie nicht gut in Zeichnen waren, sah es nicht besonders aus, aber das Schlimmste von allem war, dass sie auch den Pimmel des Lehrers gezeichnet hatten. Er hatte eine beträchtliche Länge und wollte gerade unten in die Lehrerin reingehen!

»Hört auf«, sagte Arthur, »das ist ja ekelhaft!«

»Kümmer dich um deinen Scheiß«, sagte Victor.

»Ja, es ist ekelhaft«, rief Petit Hector, »hört auf damit!«

»Noch 'ne Ohrfeige gefällig?«, sagte Victor.

Dezitonne sagte dazu nichts, und Petit Hector spürte, dass er sich unbehaglich fühlte, aber natürlich folgte er Victor durch dick und dünn.

Mit Binh, Orhan oder Guillaume hätte Petit Hector es darauf ankommen lassen, aber er wusste, dass er mit Arthur keine Chance hatte gegen Victor. Außerdem waren sie nicht in der Schule, es gab hier keine Pausenaufsicht und auch nicht gerade viele Passanten, also war es nicht der passende Ort, um eine Schlägerei anzufangen; man wusste nicht, wie es ausgehen würde.

»Ihr seid zum Kotzen«, sagte er zu Victor und zu Dezitonne, »wir möchten nicht mal mehr mit euch reden.«

Und er zog Arthur mit davon, der die ganze Zeit schimpfte, dass es eine jämmerliche Zeichnung sei – in Wirklichkeit waren der Lehrer und die Lehrerin doch so schön! Es war bizarr, aber Petit Hector hatte den Eindruck, dass Arthur nicht wegen der Sache mit dem Pimmel und so geschockt war, sondern vor allem, weil Victor und Dezitonne so miserabel gezeichnet hatten.

Ein Geheimnis ist schon schwer geheim zu halten, wenn man mit Mädchen darüber spricht, aber erst recht, wenn man es auf ein Buswartehäuschen zeichnet.

Am nächsten Tag saßen sie im Unterricht, als plötzlich der Direktor und die Frau Schulpsychologin das Klassenzimmer betraten. Den Lehrer schien das nicht weiter zu erstaunen. Der Direktor begann mit sehr ernster Miene zu sprechen: »Uns wurde mitgeteilt, dass man in der Nähe der Schule Bilder entdeckt hat, die zwei eurer Lehrer beleidigen. Wir haben diese Zeichnungen entfernen lassen. Wir finden es jedoch nicht hinnehmbar, dass Schüler aus unserer Einrichtung so etwas zeichnen. Es ist ein Akt mangelnder Achtung vor der Lehrerschaft, vor unserer Schule und nicht zuletzt vor den Bushäuschen, die öffentliches Eigentum sind.«

»... Eigentum, das allen gleichermaßen gehört«, sagte die Frau Schulpsychologin, »und das nicht beschädigt werden darf.«

»Also fordere ich die betreffenden Schüler auf, sich selbst zu ihrer Tat zu bekennen«, sagte der Direktor.

»Ihr könnt in mein Zimmer kommen oder direkt zum Direktor gehen«, fügte die Frau Schulpsychologin hinzu.

»Die Schuldigen können es hier und jetzt zugeben«, sagte der Direktor mit grimmiger Miene.

Niemand sagte einen Ton, auch der Klassenlehrer nicht. Er versuchte so zu tun, als wäre nicht von ihm die Rede, aber Petit Hector sah deutlich, dass er es nicht schaffte; er schaute verlegen drein, und man spürte, dass er nur eins wollte – dass nämlich der Direktor und die Frau Schulpsychologin schnellstmöglich verschwanden und er weitererklären konnte, wie die Leute eines Tages auf die Idee gekommen waren, ein Kraut, das sie essen konnten, in ihrer Nähe anzupflanzen, und dass dies die Erfindung der Landwirtschaft gewesen sei.

Weil das Schweigen andauerte, glaubte Petit Hector schon, dass es damit abgetan war, aber plötzlich sagte der Direktor, dass natürlich auch Schüler, welche die Urheber der Zeichnungen kannten, in sein Büro kommen mussten, um sie zu melden. Das sei ihre Pflicht und Schuldigkeit. Natürlich werde man niemandem sagen, wer die Täter benannt hatte, und überhaupt sei alles nur zum Wohle jener Schüler, welche die Zeichnungen gemacht hatten. Sie mussten nämlich begreifen, dass sie etwas Schlimmes angestellt hatten.

Petit Hector sagte sich, dass Arthur und er jetzt ein großes Problem hatten, und in seinem Nacken spürte er sogar die Blicke von Victor, obwohl der in der hintersten Bankreihe saß.

Aber zum Glück hatte er ja den stärksten Papa der Welt, und der würde schon eine Lösung finden.

Petit Hector muss allein klarkommen

Petit Hector erzählte die ganze Geschichte, und sein Papa hörte ihm zu. Das Problem war bloß, dass mittendrin seine Maman dazukam und er noch mal von vorn anfangen musste, und dabei sagte er sich, dass es eigentlich eine Männersache war.

»Wenn du sie also meldest, weiß Victor, wer es dem Direktor gesteckt hat.«

»Ich oder Arthur, aber das kommt aufs Gleiche raus.«

»Aber wart ihr die Einzigen, die sie beim Malen beobachtet haben?«

»Weiß ich nicht«, sagte Petit Hector.

Plötzlich war ihm klar, woran sein Papa gerade dachte: Wenn jemand anders die beiden ebenfalls gesehen hatte und zum Direktor ging, konnten Victor und Dezitonne trotzdem glauben, dass Petit Hector und Arthur sie verpetzt hatten!

»Eins ist sicher«, sagte er, »bei ihren schlechten Noten und dann noch mit diesem Bild riskieren sie, von der Schule zu fliegen!«

»Das ist ja das Schlimme an der Sache«, meinte sein Papa.

Selbst seine Maman schien keinen Rat zu wissen. Petit Hector hatte erwartet, dass sie es richtig finden würde, Victor beim Direktor zu melden – immerhin tat man so das Gute, selbst wenn es Ärger im Gepäck haben konnte –, aber nein, auch sie sagte nichts.

»Pfff«, sagte sein Vater, »und all das wegen einer Schniedelwutz-Kritzelei! Deswegen muss man doch nicht diesen ganzen Zirkus veranstalten!«

»Von wegen!«, meinte seine Maman. »Es geht schließlich um den Respekt, den man seinen Lehrern schuldet.«

»Wenn ich der Direktor wäre, hätte ich die Zeichnung still und leise entfernen lassen, und dann – bitte schön, war da was?«

»Die anderen Lehrer denken anscheinend nicht so«, sagte Maman. »Stell dir bloß vor, dass diese Bengel vielleicht bald das nächste Bild zeichnen!« Sie überlegte einen Moment und fuhr dann fort: »Ich glaube, dass wir zum Direktor gehen sollten.«

»Und was sagen wir ihm dann?«

»Dass er unseren Sohn nicht in die Geschichte hineinziehen soll.«

»Ja, aber das ist leider bereits geschehen.«

Plötzlich fühlte Petit Hector eine große Unruhe. Er hatte gemerkt, dass es Probleme gab, für die selbst die besten Eltern der Welt keine Lösung fanden.

Seine Maman musste es mitbekommen haben, denn sie sagte: »Petit Hector, ich glaube, jetzt solltest du in dein Zimmer gehen und noch für morgen lernen.«

Natürlich blieb Petit Hector oben auf dem Treppenabsatz stehen und versuchte zu erlauschen, was sie sagten, aber es gelang ihm nicht, weil seine Eltern sich nicht stritten, sondern ganz leise miteinander sprachen. Er hörte nur, wie sein Papa sagte: »Und dieser Victor, jeder weiß doch, aus was für einer Familie der kommt«, und da erinnerte er sich an Victors großen Bruder mit seinem gar nicht netten Blick und seiner Goldkette um den Hals, und er spürte, dass es das Problem noch schwieriger machte.

Petit Hector griff nach seinem Notizbüchlein, denn er sagte sich, dass seine vielen Aufzeichnungen ihn vielleicht auf Ideen bringen könnten.

Am Ende fand er auch ziemlich interessante Sätze, vor allem über die Konsequenzen und über Bündnisse.

Als er sie noch einmal las, konnte er es kaum fassen, dass er diese Sätze, die für das Leben so nützlich waren, selbst aufgeschrieben haben sollte.

Es vergingen dann einige Tage, ohne dass irgendetwas passierte. Seine Eltern besuchten den Direktor nicht. Petit Hector und Arthur meldeten niemanden.

Plötzlich war es allerdings nicht mehr nötig, dass Petit Hector immer mit den übrigen Fantastischen zusammen sein musste, um sich vor Victor zu schützen. Sie grüßten einander sogar, wenn sich ihre Wege kreuzten; ein richtiges Gespräch führten sie allerdings nie.

Arthur hatte gesagt, dass Victor und Dezitonne ihnen vielleicht Geschenke machen könnten, aber Petit Hector erinnerte sich an seine Versprechen zum Thema Geschenke, die man nicht annehmen durfte, und sagte Nein, und am Ende waren auch Orhan, Binh und Guillaume damit einverstanden.

Und vielleicht waren Victor und Dezitonne im Grunde sogar Künstler, selbst wenn man ihr Bild scheußlich finden mochte – Künstler wie Amandines Vater, denn Petit Hector hatte den Eindruck, dass das, was sie gezeichnet hatten, vielleicht Wirklichkeit geworden war. Ihr Klassenlehrer war in letzter Zeit sehr froh gestimmt, und selbst wenn sie ihn nicht wieder an der Seite der Lehrerin gesehen hatten, schauten sich die beiden neuerdings doch auf eine Weise an, die Petit Hector ein bisschen daran erinnerte, wie Amandine und er einander anschauten, auch wenn er und Amandine natürlich nicht ... Sein Vater hatte ihm erklärt, sie müssten noch eine Weile warten. (Wie lang diese Weile war, hatte er allerdings nicht dazugesagt.)

Gut war aber auch, dass es keine neue Zeichnung gegeben hatte. Sogar der Direktor konnte sich freuen.

Und so waren alle zufrieden, und Petit Hector sagte sich, dass er ein richtiger Nuttilitarist geworden war – wie sein Papa. Und alles war so gekommen, weil er auf die Bündnisse geachtet hatte und auf die Konsequenzen. Man sollte immer genau hinhören, wenn die Eltern etwas sagen!

Petit Hector macht einen Traum wahr

Heute war Hector ganz aufgeregt!

Amandine sollte ihn besuchen kommen.

Das große Picknick hatte seine Maman zwar noch nicht vorbereitet, aber weil Petit Hector es sehr eilig hatte, Amandine einzuladen, hatten die beiden Mütter sich abgesprochen.

Amandine würde nach der Schule mit ihm nach Hause fahren, sie würde mit Petit Hectors Familie zu Abend essen, und dann würde ihr Vater sie abholen kommen!

Und jetzt saßen Petit Hector und Amandine auch schon hinten im Auto, und seine Maman saß vorn und lenkte. Petit Hector war sehr stolz, dass Amandine einmal erleben konnte, wie gut seine Maman fuhr, und dass sie auch das schöne neue Auto sah, das hinten jede Menge Platz hatte und noch ein bisschen nach neuen Schuhen roch.

Amandine sagte nicht gerade viel; sie schien ein wenig verwundert zu sein.

»Und, Amandine«, fragte seine Maman und schaute sie im Rückspiegel an, »läuft es bei dir gut in der Schule?«

»Ja, Madame«, antwortete Amandine.

»Was machst du dort am liebsten?«

»Oh, zeichnen.«

»Zeichnen? Dann willst du vielleicht Künstlerin werden wie dein Vater.«

»Nein, Papa ist Bildhauer. Meine Mutter zeichnet.«

»Petit Hector hat mir gesagt, dass sie sehr schöne Kleider zeichnet. Und schöne Bilder mit Feen.«

»Ja«, sagte Amandine, »Maman zeichnet besser als jeder sonst auf der Welt.«

»Das ist ja wunderbar. Und zeichnet sie auch Kleider für dich?«

»Nein, jetzt zeichnet sie gar keine Kleider mehr, sie arbeitet in einem Geschäft.«

»In einer Boutique für Kleider?«

»Nein, in einem Schuhladen.«

»Also bekommst du hübsche Schuhe?«

»Ja, wir kriegen Rabatt.«

»Das ist doch toll«, sagte Petit Hectors Maman.

»So toll auch wieder nicht«, meinte Amandine. »Der Rabatt ist immer nur für Schuhe, die mir nicht so gefallen.«

Petit Hector merkte, dass seine Maman nicht richtig wusste, was sie darauf entgegnen sollte, und vielleicht spürte Amandine es auch, denn schnell fügte sie hinzu: »Aber gut ist es trotzdem, und Papa sagt, dass Maman verdammtes Glück hatte, als sie diese Arbeit gefunden hat.«

»Ja«, sagte Petit Hectors Maman, »das ist sicher.«

Aber Petit Hector fühlte, dass sie es ein bisschen traurig fand, wenn jemand, der so gut zeichnete, nicht einmal Schuhe zeichnen, sondern bloß welche verkaufen durfte. Er erinnerte sich daran, dass man im Leben mit dem ganz großen L nicht immer belohnt wird und trotzdem wieder von vorn anfangen muss.

»Und du, Petit Hector, ist heute alles gut gelaufen bei dir?«

»Sehr gut.«

»Kein Problem mit Victor?«

»O nein, Victor ist jetzt ganz freundlich geworden.«

»Siehst du, selbst böse Leute können nett werden, wenn man selbst nicht böse zu ihnen ist.«

»Das ist wahr«, sagte Petit Hector.

Amandine schaute ihn mit ihrem verwunderten Blick an – sie wusste über die ganze Geschichte mit Victor natürlich Bescheid –, Petit Hector schaute Amandine an, und dann bekam sie einen dieser Lachanfälle, die er an ihr so mochte, und auch er musste losprusten.

»Was ist los mit euch? Ihr scheint euch ja prächtig zu amüsieren?«

»Das ist nur, weil … weil …«

Aber Petit Hector brachte nichts heraus, und das lag an seinem Lachanfall und auch daran, dass er sowieso nichts fand, was er seiner Maman hätte erzählen können, es sei denn die Wahrheit, aber das war natürlich ganz unmöglich.

Am Ende sagte er: »Nein, wir lachen bloß wegen der Bilder von Victor und Dezitonne.«

»Das war aber bestimmt keine charmante Zeichnung!«, sagte seine Maman und zog die Stirn in Falten.

»Stimmt, und schlecht gemalt war es auch noch, aber wir mussten trotzdem darüber lachen.«

Und Petit Hector und Amandine begannen sich wieder schief und krumm zu lachen, so sehr, dass sie Bauchschmerzen bekamen, und schließlich musste auch seine Maman lachen, und dann sagte sie: »Na ja, wenigstens gibt es noch glückliche Kinder.«

Bald waren sie angekommen, seine Maman suchte eine Parklücke, und Amandine fragte Petit Hector: »Ist das euer Haus?«

»Ja«, sagte er.

Amandine sagte gar nichts mehr, aber Petit Hector sah, dass sie das Haus mit großen Augen anschaute, und er war froh, dass sein Haus Amandine schon gefiel.

Am liebsten wollte er sofort in sein Zimmer gehen, um Amandine alle Computerspiele zu zeigen, aber sie wollte erst das ganze Haus sehen.

Also machte er mit ihr eine Führung – ein bisschen wie ihr Klassenlehrer, der ihnen das Museum erklärt hatte.

»Also, hier stehen wir im Wohnzimmer. Da hinten sitzt

Papa, wenn er fernsehen will, und wenn wir Gäste haben, sind auch alle hier.«

»Euer Teppichboden ist schön …«, meinte Amandine.

Petit Hector hatte nie darauf geachtet, aber jetzt schaute er sich den Teppichboden einmal richtig an: Er war grün und hatte dunklere Pünktchen. Seine Maman hatte ihn ausgewählt.

»Und wer sind die Leute auf dem Kamin?«

Dort stand ein ganz altes Schwarzweißfoto, das schon ein wenig vergilbt war, und es zeigte Leute auf einem Bauernhof. Die Männer, von denen keiner lächelte, trugen schwarze Anzüge und riesige Schnauzbärte, die Frauen steckten in Kleidern, die fast bis zur Erde reichten, und sahen ziemlich erschöpft aus, und die Kinder wirkten ein bisschen schmuddelig und schienen total bescheuert zu sein.

»Das ist die Familie von meinem Papa, aber vor ganz langer Zeit. Der kleine Junge dort am Rand ist sein Großvater.«

»Na so was«, sagte Amandine, »der Großvater von deinem Papa hat also auf einem Bauernhof gelebt?«

»Ja, klar, aber die Tiere haben sie nicht mitfotografiert.«

»Und wer ist dieser Mann?«, fragte Amandine und zeigte auf das Porträtfoto eines Herrn in Uniform.

»Das ist immer noch derselbe, aber als Erwachsener.«

»Oh, er sieht sehr schön aus!«

»Ja. Er ist im Krieg gefallen.«

»Wie schade … Krieg ist wirklich schrecklich.«

»Ähm … ja«, sagte Petit Hector.

Amandine dachte wie seine Eltern oder wie eigentlich alle Erwachsenen: Kriege waren etwas Schreckliches. Andererseits hätte es Petit Hector durchaus gefallen, sich als Erwachsener mit den Feinden zu schlagen oder so eine schöne Uniform anzuziehen wie der Großvater seines Vaters und sich so kühn zu zeigen wie Hektor und die Ritter der Tafelrunde.

»Ihr besichtigt wohl gerade das Haus?«, fragte seine Maman.

»Ja«, sagte Amandine. »Darf ich in die Küche kommen?«

»Aber natürlich, Amandine.«

Petit Hector ärgerte sich ein bisschen. Er hätte Amandine gern sofort mit in sein Zimmer genommen, denn nachher gab es schon Abendbrot, und dann hatte er keine Zeit mehr. Aber na ja, sie war eben ein Mädchen, da war es normal, wenn sie die Küche sehen wollte.

»Oh«, rief Amandine, »ist das eine schöne Küche! Wie im Fernsehen!«

Sie wollte sehen, wie alles funktionierte, sogar die Backröhre, die so etwas wie einen Bordcomputer hatte, oder der Wasserhahn vom Spülbecken, und wollte sogar in die Schränke gucken und den Kühlschrank aufmachen.

Und dann blieb sie wortlos stehen und schaute auf die vollgepackten Kühlschrankfächer und die vielen Flaschen mit unterschiedlichen Soßen in der Tür.

Meine Güte, dachte Petit Hector, und wenn es Amandine nun Kummer machte, all das zu sehen?

»Na gut, jetzt möchte ich dir aber meine Computerspiele zeigen.«

»Da hilft alles nichts, Amandine«, sagte seine Maman und lachte, »ich glaube, jetzt sind die Spiele dran.«

Amandine sagte nichts, folgte Petit Hector aber in sein Zimmer.

Petit Hector fand, dass sein Zimmer sich nicht so sehr von Amandines unterschied und sie hier bestimmt keinen Kummer haben würde.

Am Ende schaltete er den Computer gar nicht erst ein, sondern sie setzten sich vor das Bett – wie letztens bei Amandine.

»Freust du dich?«, fragte Petit Hector.

»Oh … ja …«, sagte Amandine.

Aber Petit Hector fand, dass sie ein bisschen traurig aussah. Also gab er ihr ein Küsschen, und auch sie gab ihm eins, und so machten sie weiter, ohne ein Wort zu sagen, bis Petit Hector die Stimme seines Papas hörte, der sie zum Abendessen rief.

Petit Hector macht einen Traum nicht wahr

»Na, Amandine, läuft es gut in der Schule?«, fragte sein Papa.

»Ja«, sagte seine Maman, »Amandine mag besonders Zeichnen.«

Sie saßen in der Küche, weil der Tisch im Esszimmer für die Abende war, an denen es mehr Gäste gab, und dann aß Petit Hector nicht mit den Erwachsenen – zum Glück nicht, denn jedes Mal, wenn er etwas von den Gesprächen mitgehört hatte, waren sie ihm unheimlich langweilig vorgekommen.

»Und was zeichnest du am liebsten?«, wollte Petit Hectors Papa wissen.

»Blumen«, antwortete Amandine.

»Ah, da hast du recht, Blumen sind etwas so Schönes.«

»Ich möchte später einmal Floristin werden«, sagte Amandine.

»Ein schöner Beruf«, meinte Petit Hectors Papa.

»Als ich ein kleines Mädchen war, wollte ich auch Floristin werden!«, sagte Petit Hectors Maman.

»Echt?«, sagte Amandine. »Und warum sind Sie es nicht geworden?«

»Weil meine Eltern und meine Lehrer später wollten, dass ich etwas anderes lerne.«

»Jetzt macht Maman Präsentationen«, sagte Petit Hector.

»Und ist Präsentationen machen besser als Floristin?«, fragte Amandine.

»Das frage ich mich manchmal auch«, meinte Maman.

»Würdest du denn lieber Floristin sein?«, fragte Papa.

»Ich hätte ein schickes Geschäft, wäre immer von Blumen umgeben, hätte keinen Chef ...«

»Und ich würde zu dir in den Laden kommen und dir Blumen kaufen«, sagte Petit Hector.

»Ich wäre auch dein Kunde und würde dir welche kaufen«, sagte sein Papa.

»Als wir uns kennengelernt haben, hat mir Papa oft Blumen geschenkt ...«

»Und jetzt?«, fragte Petit Hector.

»Nicht mehr so oft«, sagte Maman und lachte.

»Nein«, sagte sein Papa, »aber beim letzten Mal ...«

»Ja, ja, ich weiß«, meinte Maman.

»Ich habe nichts gehört«, sagte sein Papa, aber Petit Hector wusste, dass er sehr genau hingehört hatte und seiner Maman vielleicht bald wieder einmal Blumen schenken würde.

»Und du, Petit Hector, was möchtest du später einmal machen?«

Seine Eltern stellten ihm diese Frage, wenn Gäste da waren, und Amandine war schließlich so etwas wie ein Gast, selbst wenn sie nur in der Küche saßen.

»Spion«, antwortete Petit Hector.

»Spion? Immer noch diese seltsame Idee!«

Oft hatte Petit Hector irgendeinen Beruf genannt – den letzten, über den gerade etwas im Fernsehen gekommen war –, aber diesmal hatte er gut nachgedacht und seine Meinung schon seit einiger Zeit nicht mehr geändert: Er wollte Spion werden.

»Aber warum ausgerechnet Spion?«, fragte Amandine.

»Weil man dann die Leute verfolgen kann, ohne dass sie einen sehen! Und weil man jede Menge Geheimnisse kennt und niemandem was davon erzählt!«

»Aha«, sagte seine Maman. »Du hast wohl viele Geheimnisse, von denen du uns nichts erzählst?«

Petit Hector besann sich schnell darauf, mit wem er gerade sprach.

»O nein«, sagte er, »vor meinem Papa und meiner Maman habe ich natürlich keine.«

»Gut pariert, mein Sohn!«, meinte sein Papa und lachte.

»Du übertreibst es wirklich«, sagte seine Maman zu seinem Papa. »Wie soll ...«

»Aber Liebling«, sagte sein Papa.

»Na gut«, sagte sie, »du willst also Spion werden. Was hältst du denn davon, Amandine?«

Amandine schien gerade erst aus einem Traum zu erwachen, und dabei hatte sie doch die ganze Zeit mit offenen Augen dagesessen. Trotzdem war es, als wenn sie nicht zugehört hatte – oder eher noch, als wenn sie gleichzeitig zuhörte und träumte.

»Ähm ... Ich denke, Hector wird ein sehr guter Spion!«

»Aha, und weshalb?«

Petit Hector schaute Amandine an und sagte sich, dass sie jetzt vielleicht alles über Victor und die Zeichnungen erzählen würde, und das wäre ein schlechter Ausklang des Abendessens, und seine Maman würde sich nicht gerade freuen.

»Ähm ... Ich weiß nicht. Aber weil er so gut in der Schule ist, kann er bestimmt auch später schaffen, was er sich vornimmt!«

Sie guckte zu Petit Hector herüber, und er spürte in sich ein großes Aufwallen von Liebe. Amandine würde eine sehr gute Spionsgattin abgeben!

Später saßen sie wieder zu zweit in seinem Zimmer, und er hatte vor, ihr sein neuestes Spiel zu zeigen. Während er den Computer hochfuhr, sah er jedoch, dass ihre Gedanken woanders zu sein schienen.

Schließlich fragte sie ihn: »Streiten sich deine Eltern eigentlich nie?«

Petit Hector begann blitzschnell in alle Richtungen zu denken. In gewisser Weise stimmte es schon, dass sie sich nie stritten, und dieses Abendessen war so abgelaufen wie fast alle anderen. Andererseits erinnerte er sich an das, was er von Amandines Eltern gehört hatte.

Er sah, dass Amandine auf seine Antwort wartete.

»Doch, sie streiten sich oft. Aber heute Abend haben sie sich gut benommen, weil du dabei warst.«

»Ach so.«

Petit Hector merkte, dass sie enttäuscht aussah, aber auch ein bisschen zufrieden.

»Deshalb möchte ich gern, dass du mich bald wieder besuchen kommst«, sagte er. »Meine Eltern werden dann immer nett zueinander sein.«

Und nach dieser Erklärung – schwupps!, gab er ihr ein Küsschen.

Sie spielten dann ein wenig das Computerspiel, ein Autorennen – eines der wenigen Spiele, die seine Maman mochte –, und Amandine war wirklich sehr gut darin. Am Ende tat Petit Hector etwas, das ihn große Überwindung kostete: Er ließ sie gewinnen.

Er hatte sich nämlich auf eine andere Regel besonnen, die er von seinem Papa gelernt hatte: Von Zeit zu Zeit musste man auch die anderen einmal siegen lassen – und für Amandine, die er liebte und die ihn liebte, galt das natürlich erst recht.

Danach schauten sie sich seine Bücher an, denn er hatte sehr schöne mit herrlichen Bildern, und wenngleich es ihm selbst Vergnügen machte, diese Abbildungen wiederzusehen, freute er sich doch noch mehr darüber, dass Amandine wie verzaubert dasaß, als sie die Bilder entdeckte.

Später hörten sie aus dem Erdgeschoss die Stimmen von Petit Hectors Eltern und dann noch eine andere Stimme, nämlich die von Amandines Vater, der rief: »Amandine!«

Amandine blickte Petit Hector an und sagte: »Ich will nicht zurück nach Hause. Ich will hierbleiben.«

Vor Petit Hectors Augen tat sich eine ganz neue Welt

auf! Wenn Amandine nun wirklich über Nacht blieb! Und wenn sie zusammen in einem Bett schliefen! Konnte etwas so Wunderbares wirklich geschehen und nicht nur im Traum?

Hinter der Tür waren Schritte zu vernehmen.

»Amandine!«

Die beiden Väter waren die Treppe hochgestiegen.

»Sie scheinen sich gut zu verstehen«, meinte Petit Hectors Papa.

»Richtig wie Verlobte«, sagte Amandines Vater.

»Papa!«, sagte Amandine. »Hör auf!«

»Amandine, ich komme dich abholen, denn morgen müssen wir trotz alledem früh aufstehen.«

»Sie könnte doch bei uns bleiben«, rief Petit Hector, »und morgen bringt uns Maman in die Schule!«

Amandine sagte dazu nichts. Die beiden Väter schienen erstaunt zu sein.

»Was meinen Sie?«, fragte Petit Hectors Papa den Vater von Amandine. »Für uns ist es kein Problem …«

Amandines Papa blickte seiner Tochter ins Gesicht: »Amandine, möchtest du hierbleiben? Möchtest du nicht mit nach Hause kommen?«

Amandine schaute woanders hin, und schließlich sagte sie leise: »Ich weiß nicht …«

Petit Hector gab diese Antwort einen kleinen Stich ins Herz. Eben noch hatte sie gesagt, dass sie nicht nach Hause zurückwollte, und jetzt wusste sie auf einmal nicht mehr! Das war schon wieder ein Verrat – wie letztens mit Guillaume und den Zeichnungen! Amandine wusste nicht, ob sie in seinem Haus bleiben wollte? Vor einer Minute hatte sie noch das Gegenteil gesagt!

»Aber du hast doch gerade …«

Und da schaute Amandine ihn an, und er spürte, dass es ihr unangenehm war, ihren Wunsch im Beisein ihres Vaters zu wiederholen. Auch Amandine wusste, dass man nie vergessen durfte, zu wem man sprach.

»Na gut«, sagte Petit Hectors Papa schnell, »wir machen alles so wie vereinbart. Vielleicht ein andermal, wenn Amandines Eltern einverstanden sind.«

Auf der Treppe flüsterte er seinem Papa zu: »Aber Amandine hat mir gesagt, dass sie bei uns bleiben will.«

»Ach weißt du, die Mädchen – sie ändern oft ihre Meinung. Da soll einer hinterherkommen …«

Das ärgerte Petit Hector, denn Amandine war schließlich nicht »die Mädchen«; sie war Amandine und ganz anders als die anderen.

Später, als Amandine und ihr Vater fort waren, blieb Petit Hector noch ein wenig in der Küche, um seiner Maman beim Aufräumen zu helfen.

»Und, Petit Hector, bist du zufrieden?«

Eigentlich hätte er sagen sollen: »Nein, ich bin traurig und wütend; ich wollte, dass Amandine bei uns bleibt! Und Papa hat sich nicht mal richtig dafür eingesetzt …« Aber plötzlich fiel es ihm wieder ein: Im Leben muss man immer die gute Seite der Dinge sehen. Er hatte mit Amandine ein paar wunderbare Augenblicke erlebt, selbst wenn das Ende ein bisschen verdorben war.

»O ja«, sagte er. »Es war ein schöner Abend.«

»Amandine ist sehr nett.«

»Sie wäre gern bei uns geblieben«, sagte Petit Hector.

»Ach wirklich? Hat sie dir das gesagt?«

»Ja. Aber hinterher, als ihr Vater dabei war, hat sie gesagt, sie weiß nicht …«

»Aha? Vielleicht wollte sie ihrem Vater keinen Kummer machen?«

»Maman, du bist die beste Maman der Welt!«

Und hopp!, auch seine Maman bekam ein Küsschen.

Im Grunde war es schade – er konnte seiner Maman nicht alles erzählen, denn manche Dinge waren Männersache.

Vor dem Schlafengehen öffnete Petit Hector sein Notizbüchlein und begann zu überlegen.

Als er daran dachte, wie Amandine ihrem Vater gegenübergestanden hatte und wie bitter es gewesen war, als sie gesagt hatte, sie wisse nicht, ob sie bei Petit Hector bleiben wolle, schrieb er:

Auch die anderen vergessen nicht, mit wem sie reden, also dürfen wir das nicht vergessen, wenn sie mit uns reden.

Er dachte noch ein wenig nach, und plötzlich glaubte er, dass er etwas sehr Wichtiges für das Leben herausgefunden hatte.

Er schrieb:

Ein Traum funktioniert vor allem im Traum.

Eines Abends hatte er seine Eltern gefragt, ob er in den nächsten Tagen mit zu Orhan gehen dürfe. Der Lehrer hatte ihnen eine Hausaufgabe gegeben, die sie gemeinsam machen sollten, und so hatten sich ihre Eltern abgesprochen: Petit Hector durfte nach der Schule mit zu Orhan nach Hause, und Orhans Vater kam die beiden Jungen abholen.

In seinem großen alten Auto gab es trotzdem ein schönes und kompliziertes Armaturenbrett, das sogar eine Anzeige dafür hatte, wie weit das Auto schräg stehen durfte, ohne umzukippen. Petit Hector wollte diese Skala während der Fahrt gern im Auge behalten, um zu sehen, wie weit der Zeiger ausschlug, aber Orhans Vater sagte mit seinem komischen Akzent: »Los, nach hinten mit euch!«, und die Kopfstützen der Vordersitze waren so hoch, dass Petit Hector fast nichts erkannte und eigentlich nur Orhans Vater beim Fahren zuschauen konnte.

Dabei fiel ihm auf, dass der wirklich sehr dicke Arme hatte und dass ihm sogar noch unter dem Handgelenk Haare wuchsen. Vielleicht hatte Orhan recht, und sein Vater war tatsächlich so stark wie Herkules. Das traf sich auch gut, denn zum Häuserbauen muss man sehr stark sein, weil dort alles richtig schwer ist.

Als sie ankamen, sah Petit Hector, dass auch Orhans Haus noch nicht zu Ende gebaut war; die eine Hälfte war fertig, aber die andere hatte gerade mal ein Dach drauf und noch keine Fensterscheiben drin, und im Garten – aber es war kein solcher Garten wie bei Petit Hector oder Arthur – waren noch keine Bäume gewachsen; es lagen bloß lauter schwere Dinge herum, die man zum Häuserbauen braucht.

Orhans Mutter sah sehr nett aus, sie hatte eine Schürze umgebunden und trug einen Dutt, und sie hatte ein hübsches Lächeln, selbst wenn ihr, wie Petit Hector gleich aufgefallen war, an der Seite ein Zahn fehlte.

Alle gingen durchs Wohnzimmer, wo ein Bruder und eine Schwester von Orhan, die beide noch ganz klein waren, auf allen vieren herumkrabbelten, und dann kamen sie ins Esszimmer, wo mehr Platz war und Orhans Mutter eine Kleinigkeit zu essen für sie vorbereitet hatte.

Und dort saß auch Orhans große Schwester, die Petit Hector nie zuvor gesehen hatte. Sie war mindestens fünf oder sechs Jahre älter, und Petit Hector fühlte sich ein wenig eingeschüchtert. Bei Erwachsenen war er nicht schüchtern und bei Kindern seines Alters ebenso wenig, aber bei Mädchen wie Orhans Schwester kam er sich ein bisschen klein vor. Sie hatte sehr blasse Haut, große schwarze Zöpfe, die ihr über die Schultern fielen, und graugrüne Augen, mit denen sie Orhan und Petit Hector auf eine verwirrend gelassene Art anschaute. Petit Hector dachte, dass ihre Augen ein bisschen wie Katzenaugen waren oder vielmehr wie die Augen einer schönen Kätzin, die groß genug war, um sie beide zu fressen.

»Das ist Hector«, sagte Orhan, »und das ist meine Schwester.«

»Guten Tag, Mademoiselle«, sagte Petit Hector.

Darüber musste Orhans Schwester lachen.

»Du kannst Djamila zu mir sagen«, meinte sie.

Petit Hector sah, dass sie bei der Arbeit war. Vor ihr lagen einige aufgeschlagene Bücher, und sie hatte sich Notizen gemacht wie sein Klassenlehrer.

»Was machst du da?«, wollte Petit Hector wissen.

»Ich bereite mich auf eine Prüfung vor.«

»Eine Prüfung für was?«

»Um für eine gute Schule zugelassen zu werden.«

»Meine Schwester möchte Ärztin werden«, sagte Orhan.

Petit Hector war erstaunt; ihm wurde ganz seltsam zumute, wenn er sich vorstellte, dass Orhans Schwester ihm das Herz abhorchte wie der Arzt, den er einmal mit seiner Maman besucht hatte.

Weil er nicht so richtig wusste, was er sagen sollte, schaute er sich erst einmal im Zimmer um. An der Wand hing das Foto eines Herrn, der eine merkwürdige Pelzmütze auf dem Kopf hatte und nicht gerade gemütlich aussah, und Petit Hector fragte sich, ob es jemand aus Orhans Familie war. Weil das Bild offenbar schon vor langer Zeit geknipst worden war, konnte es vielleicht Orhans Großvater darstellen. Aber nein, später erklärte ihm Orhan, dass dieser Mann vor vielen Jahren der Präsident des Heimatlandes von Orhans Familie gewesen war.

Djamila hatte sich wieder an die Arbeit gesetzt; sie machte einen sehr ernsthaften Eindruck, und gleichzeitig musste Petit Hector sich sagen, dass sie hübsch war, auch wenn sie Amandine nicht ähnelte.

Petit Hector und Orhan begannen nun ihrerseits zu arbeiten; sie sollten eine Liste der Leute erstellen, die sich in Troja bekriegt hatten, und zu jeder Person in zwei, drei Zeilen berichten, wer sie war, und dabei durften sie das Lexikon verwenden. Der Lehrer hatte gesagt, dass es im Leben sehr wichtig war, Lexika und Enzyklopädien zu benutzen, wenn man etwas nicht wusste, und dass so ein Lexikon das ganze Leben lang von Nutzen sein konnte. Aber Orhan hatte schon eine fertige Liste mit allen Leuten aus dem Trojanischen Krieg im Internet gefunden, und nun überlegten sie, ob sie sie einfach abschreiben sollten.

Petit Hector erinnerte sich an die Worte seiner Maman – »Man darf im Leben niemals schummeln« – und seines Papas – »Wenn man schummelt, um einem Freund zu helfen, darf man sich nicht erwischen lassen, denn das bereitet den anderen Kummer« … Orhan und er waren sich zwar sicher, dass der Lehrer niemals erfahren würde, dass sie die fertige Liste im Internet gefunden hatten, und ganz bestimmt riskierten sie nicht, erwischt zu werden, aber sie fanden auch, dass sich diese Schummelei nicht lohnte, denn es ging schließlich nicht darum, einem Freund zu helfen, und so beschlossen sie, ihre eigene Liste zu machen, auch wenn sie zwangsläufig ein wenig auf die Internetliste zurückgriffen.

Orhans Mutter kam nachschauen, was sie machten, und später kam auch Orhans Vater vorbei, und Petit Hector sah, dass sie sehr zufrieden waren, die beiden Jungs zusammen arbeiten zu sehen und dazu noch Djamila am anderen Ende des Tisches.

Petit Hector fragte Orhan, ob er seinen Eltern nicht zeigen könne, was sie gemacht hatten – so könnten sie sagen, ob es gut war oder nicht. Orhan jedoch meinte, dass sie es vielleicht selbst nicht wissen würden. Anscheinend wussten Orhans Eltern nicht alles, anders als seine Eltern, die einfach alles wussten, zumindest all das, was man in der Schule lernte, denn andererseits war auch klar, dass sein Papa nicht wusste, wie man Häuser baut, und seine Maman nicht, wie man die kleinen Kuchen macht, die Petit Hector gerade gegessen hatte.

»Fragen wir lieber meine Schwester«, meinte Orhan.

Djamila hob den Blick von ihrem Buch, und sie zeigten ihr, was sie geschrieben hatten.

»Schau mal, Orhan, hier habt ihr Fehler gemacht!«

Und sie begann, den Text mit ihrem Kugelschreiber zu berichtigen.

»Und außerdem kann man nicht sagen: *Paris hat Menelaos die Frau geklaut*!«

»Wieso? Er hat sie doch geklaut!«

»Nein, man muss schreiben: *Paris hat Helena entführt*.«

»Aber im Internet sagen sie, dass Helena freiwillig mitgegangen ist«, bemerkte Petit Hector.

»Ja«, sagte Djamila, »das ist nicht ganz klar, es gibt verschiedene Versionen der Geschichte. Dann schreibt eben nicht *entführt*, sondern *verführt*.«

»Was bedeutet das, *verführt*?«, wollte Orhan wissen.

»Es bedeutet, dass er ihr gefallen wollte und dass sie sich wirklich in ihn verliebt hat.«

»Also hat er sie nicht gekidnappt?«

»Man weiß es nicht«, sagte Djamila. »Auf jeden Fall hat man die Frauen damals nicht groß nach ihrer Meinung gefragt.«

Petit Hector verstand jetzt, weshalb Orhan so gute Aufsatznoten hatte – bei solch einer Schwester ... Er musste seinem Papa recht geben – Orhan hatte keinerlei Verdienst daran!

Und Djamila, hatte sie Verdienste? Auf jeden Fall half sie Orhan und ihm, und sie würden sich freuen, für diese Hausarbeit eine gute Note zu bekommen. Das waren die guten Konsequenzen dieser Sache, und so war Djamila gewiss eine Nuttilitaristin.

Schließlich trafen auch sein Vater und seine Mutter ein, und Orhans Eltern baten sie ins Wohnzimmer, und dann tranken die vier Erwachsenen Tee; Orhans ganz kleine Schwester versuchte währenddessen, der Maman von Petit Hector auf den Schoß zu kriechen, und seine Maman schien das so sehr zu freuen, dass es Petit Hector schon nervte.

Und dann kam Djamila ins Zimmer und sagte Petit Hectors Eltern Guten Tag, und sie unterhielten sich darüber, was sie einmal werden wollte. Petit Hector spürte, dass seinen Eltern die Vorstellung, dass Djamila eines Tages Ärztin sein würde, sehr gefiel, und er hätte sich gewünscht, dass sie ein ebenso erfreutes Gesicht machen würden, wenn er ihnen sagte, dass er Spion werden wollte.

Zugleich aber fühlte er sich wohl mit Orhan, seinen Eltern und Djamila, obwohl er auch sah, dass es hier anders war als bei ihm zu Hause: die Möbel, die Teppiche, im

Grunde alles ... und sogar die Wände, die noch nicht fertig gestrichen waren, und der Garten, in dem lauter Baumaterial herumlag.

Dann fiel Petit Hector ein Foto auf, das auf einem Schränkchen stand und sehr alt zu sein schien; es war mit ganz dunklem Holz gerahmt und ähnelte ein bisschen dem Foto, das bei ihm zu Hause auf dem Kamin stand. Man sah auf ihm Männer in schwarzen Anzügen, mit ausladenden Schnauzbärten und ulkigen Mützen auf dem Kopf; keiner von ihnen lächelte. Neben ihnen standen Frauen mit langen Kleidern und Kopftüchern und lächelten ebenso wenig, und dann gab es noch eine Menge Kinder, die so idiotisch guckten, als hätte man noch nie ein Foto von ihnen gemacht.

»Ist das dein Großvater?«, fragte Petit Hector und zeigte auf einen kleinen Jungen, der Orhan ein bisschen ähnelte.

»Nein«, antwortete Orhan, »das ist mein Vater.«

Petit Hector war verblüfft. Er spürte, dass die Familiengeschichten einander ähnlich waren, aber trotzdem konnte es von einem Land zum anderen eine Art Zeitverschiebung geben. Und Djamila war also ein bisschen wie Petit Hectors Papa, der als Erster in seiner Familie Arzt geworden war.

Währenddessen hatten sein Papa und Orhans Vater über ein Thema zu sprechen begonnen, das sie beide interessierte: die Geschichte. Sie mochten nämlich denselben Fernsehkanal, in dem es viele Filme über die Vergangenheit gab, und sein Papa wollte immer, dass er die Sendungen mitguckte, aber Petit Hector fand das alles ziemlich langweilig, außer wenn es Flugzeuge zu sehen gab, die sich beschossen oder Bomben abwarfen, selbst wenn das fast immer nur in Schwarzweiß kam. Orhans Vater schien diese Geschichtssendungen jedoch zu mögen.

Schließlich brachen sie auf, und Orhans ganze Familie kam mit nach draußen, um ihnen Auf Wiedersehen zu sagen.

Im Auto fragte Petit Hector: »Und Djamila, hat sie Verdienste?«

Seine Eltern blickten einander an.

»Natürlich hat sie schon gute Eltern«, sagte sein Papa, »aber … ja, es ist ihr Verdienst.«

»Und wie!«, fügte seine Maman hinzu.

»Ja, aber Orhan hat dann keine Verdienste, weil Djamila ihm beim Aufsatzschreiben hilft – ich habe es selber gesehen!«

»Wir hatten schon so etwas vermutet«, meinte seine Maman.

»Und warum haben Arthurs Eltern Orhan nicht zum Picknick eingeladen?«

Seine Eltern schauten sich wieder an. Das taten sie immer, wenn sie herausfinden wollten, wer als Erster antworten sollte.

Schließlich sagte seine Maman: »Weil es Menschen gibt, die nur Menschen um sich sehen wollen, die so sind wie sie selbst. Sie sind nicht gern mit Menschen zusammen, die … nicht ihresgleichen sind, wenn du so willst.«

»Und ist das gut?«

Seine Maman begann zu erklären, dass alle Menschen gleich waren; auf jeden Fall zählte nur das Gute, das wir taten oder nicht taten, und es war nicht wichtig, ob wir reich waren oder hochgelehrt oder sehr berühmt.

»Verstehst du, Petit Hector?«

»Ja, es geht nicht danach, ob wir lange in die Schule gegangen sind, und auch nicht nach dem Geld, das wir haben, sondern nur nach unseren guten oder schlechten Taten.«

»Genau!«

Seine Maman schien sehr zufrieden zu sein. Petit Hector sagte sich, dass er gerade etwas Gutes getan hatte. Sein Papa hatte aufmerksam zugehört, aber Petit Hector hatte deutlich gespürt, dass ihm zu diesem Thema etwas anderes auf der Zunge lag.

»Orhans Eltern scheinen ganz anders zu sein als wir, aber letztendlich sind wir über die wichtigsten Dinge einer Meinung, und so können wir gut miteinander reden. Andere Personen aber sehen vor allem die Unterschiede, und so sind sie lieber nur mit Leuten zusammen, die ihnen ähneln.«

»Arthurs Eltern zum Beispiel?«

»Exakt«, sagte seine Maman.

»Es ist also besser, sich mit Menschen wie Orhan und seinen Eltern zu treffen«, fragte Petit Hector, »mit Menschen, die anders sind als wir?«

»Wenn man das mag, ist es besser«, sagte seine Maman. »Man muss die Verschiedenheit akzeptieren, das nennt man ›gemeinsam leben‹.«

»Also muss man auch die Leute lieben, die anders sind als wir, weil sie nicht gern mit Leuten zusammen sind, die ihnen nicht ähneln? So wie die Eltern von Arthur?«

Sein Papa und seine Maman blickten einander an.

»Genau so ist es«, sagte seine Maman.

Am Abend schrieb Petit Hector in sein kleines Buch:

Verschiedenheit heißt, dass nicht alle gleich sind.

Man kann aber trotzdem gern mit ihnen zusammen sein, selbst mit denen, die die Verschiedenheit nicht mögen.

Was zählt, sind die guten Taten und nicht, ob man in die Schule geht.

Wenn er allerdings in der Schule nicht mehr fleißig lernte, würde er später auch nie die Prüfung für Spione bestehen. Außerdem würde es seine Eltern sehr traurig machen. Und so schrieb er schnell unter den letzten Satz:

In der Schule gut zu lernen ist nur wegen der Konsequenzen wichtig.

Petit Hector erfährt noch ein Geheimnis

Eines Tages sagte Arthur zu Petit Hector: »Ich werde dir ein großes Geheimnis verraten.«

Petit Hector bekam es mit der Angst. Wenn Arthur nun mitbekommen hatte, dass seine Mutter Petit Hectors Papa liebte?

»Was für eine Art Geheimnis ist es denn?«

»Eins über Binh.«

»Binh? Der hat keine Geheimnisse!«

»Das ist doch Quatsch, was du da sagst. Jeder hat Geheimnisse und sogar welche, die er überhaupt niemandem erzählt!«

»Na schön, und was ist nun dein Geheimnis über Binh?«

»Er hat keine Eltern.«

»Wenn hier jemand totalen Quatsch erzählt, bist du das! Jeder Mensch hat Eltern!«

»Ja, klar, aber seine Eltern, die sind tot!«

»Hä?«

»Ja, echt. Mein Vater hat es mir erzählt.«

Petit Hector konnte das nicht glauben, und so musste Arthur ein bisschen weiter ausholen: Sein Vater oder vielmehr die Leute, die für seinen Vater arbeiteten, beschäftigten sich mit den Steuern von Binhs Großeltern. Und dort, in den Berechnungen, stand tatsächlich geschrieben, dass sich die Großmutter und der Großvater um Binh kümmerten, weil seine Eltern »verstorben« waren.

»Aber woran sind sie gestorben?«

»Sie hatten einen schlimmen Autounfall, als Binh noch ganz klein war.«

»Und warum hat er uns nichts davon gesagt?«

»Vielleicht weiß er es selber nicht – vielleicht hat man ihm erzählt, dass sie verreist sind.«

Petit Hector erinnerte sich, dass Binh immer sagte, seine Eltern wären auf Reisen in ihrer Heimat.

»Vielleicht glaubt er ja auch, dass seine Großeltern seine Eltern sind!«, meinte Arthur.

»Quatsch, er nennt sie immer Oma und Opa.«

»Stimmt. Dann muss er aber wenigstens ahnen, dass seine Eltern tot sind, wenn er sie niemals zu Gesicht bekommt.«

»Auf jeden Fall ist das ein richtiges geheimes Geheimnis«, sagte Petit Hector. »Wir dürfen niemandem davon erzählen.«

»Ja«, sagte Arthur.

»Nicht mal den Mädchen, hörst du?«

»Ja.«

Aber Petit Hector merkte, dass Arthur dabei verlegen dreinschaute – wahrscheinlich hatte das Geheimnis schon aufgehört, ein Geheimnis zu sein.

Am Ende sagte sich Petit Hector, dass es am besten war, mit Binh darüber zu sprechen. Eines Tages auf dem Pausenhof richtete er es so ein, dass sie beide ein bisschen abseits von den anderen standen.

»Sag mal, manche erzählen seltsame Dinge über deine Eltern …«

»Ach«, sagte Binh, »dass sie tot sind?«

Petit Hector war überrascht. Binh schien es überhaupt nichts auszumachen, das auszusprechen.

»Genau das.«

»Es stimmt«, sagte Binh.

»Aber warum hast du es uns niemals gesagt?«

»Weil man mir am Anfang erzählt hat, sie wären auf Reisen, und da habe ich es genauso weitergesagt und geglaubt, sie würden zurückkommen. Auf jeden Fall waren sie seit so langer Zeit auf Reisen, dass ich mich schon nicht mehr richtig an sie erinnern konnte.«

»Aber jetzt weißt du, dass sie tot sind?«

»Ja. Meine Großeltern haben es mir gesagt.«

»Wann war das?«

»Letztes Jahr in den Osterferien. Die ganze Familie hatte sich versammelt.«

Und Petit Hector erinnerte sich, dass es damals nach Ostern eine Zeit gegeben hatte, in der Binh ein bisschen komisch gewesen war; er hatte nicht mehr richtig Lust gehabt, mit den anderen zu spielen, und manchmal war er zu schnell wütend geworden; auch seine Noten hatten sich verschlechtert.

»Du hättest es uns sagen können!«

»Es war mir zu blöd, noch groß darüber zu reden. Alle hätten doch gleich gesagt: Erzähl mal, wie sind deine Eltern denn umgekommen? Und wie fühlst du dich jetzt, mein kleiner Binh, und so ein Zeug … Verstehst du?«

»Ja«, sagte Petit Hector.

Aber gleichzeitig dachte er, dass Binh sehr stark war, denn wenn Petit Hectors Eltern gestorben wären, hätte er mit allen Menschen darüber sprechen wollen. Allerdings kannte er seine Eltern ja auch gut, während sich Binh an seine nicht einmal mehr erinnerte.

»Und was sollen wir jetzt machen?«, fragte Petit Hector.

»Du kannst es den anderen erzählen, aber ich habe ganz einfach keine Lust, darüber zu reden.«

»Gut«, sagte Petit Hector.

Sie gingen zu den anderen hinüber.

»Und du erinnerst dich wirklich nicht mehr an sie?«

»Ich weiß nicht«, sagte Binh. »Aber ich schaue mir Fotos von ihnen an.«

»Ach so.«

»Sie waren sehr schön, meine Eltern«, sagte Binh. »Wenn sie mich von der Schule abgeholt hätten, hättest du sie sehen können!«

»Ich sehe dafür deine Großeltern, und sie sind wirklich nett.«

»Ja, das stimmt, aber es ist nicht dasselbe. Meine Eltern waren wunderschön, das wäre dir gleich aufgefallen.«

»Das ist eine traurige Geschichte«, sagte Petit Hector.

Wenn er nur daran dachte, drohten ihm schon Tränen in die Augen zu steigen.

»Ja«, sagte Binh, »aber wenn man nicht zu oft daran denkt, geht es so einigermaßen.«

Am Abend öffnete Petit Hector sein Notizbüchlein.

Binh hatte schon erfahren, was das Ende vom Glück bedeutete, und dabei war er noch ein kleiner Junge, genau wie Éloi.

Er versuchte, an der Geschichte mit Binh die gute Seite zu finden, aber es gelang ihm nicht. Wenn jemand seine Eltern verliert, lässt sich daran keine gute Seite finden, es sei denn, die Eltern waren sehr böse gewesen. Binh aber hatte bestimmt ganz nette Eltern gehabt.

Schließlich erinnerte sich Petit Hector an Binhs Worte.

Er schrieb:

Wenn man an die sehr traurigen Dinge nicht zu viel denkt, dann geht es vielleicht.

Petit Hector und der schönste Tag im Leben

Nun war es endlich so weit. Alle waren zu einem Nachmittag mit Kaffee und Kuchen bei Petit Hector zu Hause eingeladen!

Die Fantastischen Fünf spielten im Garten Fußball, aber ohne die Tore zu zählen.

Alle probierten die Computerspiele von Petit Hector aus – das Autorennen, die Luftwaffenkämpfe und sogar ein Spiel, bei dem man Kinder erziehen musste, aber das spielten vor allem die Mädchen.

Petit Hectors Maman hatte sehr schöne Dinge zum Essen zubereitet: kleine Schnitten und einen Obstsalat, der so gut schmeckte, dass sich alle mehrmals Nachschlag holten.

Später, im Garten, erzählten sie einander außergewöhnliche Geschichten, und als es dunkel zu werden begann, machten sie im Haus damit weiter.

Streiten aber tat sich niemand.

Am Abend kamen die Eltern ihre Kinder abholen, und Petit Hectors Papa redete ein bisschen mit Arthurs Vater.

Petit Hector beobachtete sie dabei, ohne sich sehen zu lassen, das heißt so, wie ein richtiger Spion es machen muss, und dabei merkte er, dass sich beide gut zu verstehen schienen. Arthurs Mutter war nicht mitgekommen.

Orhans Vater sprach mit dem Vater von Guillaume über Fußball, denn auch er hatte in seiner Heimat viel gespielt, als er ein junger Mann gewesen war.

Binhs Großmutter unterhielt sich mit den anderen Müttern und sagte ihnen, dass sie ihnen Rezepte aus ihrem Heimatland geben werde, und die anderen Mütter freuten sich darüber sehr.

Petit Hector gelang es währenddessen, sich mit Amandine ein wenig abzusondern. Sie sagten einander, dass sie sich für immer und ewig lieben wollten, und dann gaben sie sich Küsschen.

Vor dem Schlafengehen sagte sich Petit Hector: Heute war der schönste Tag meines Lebens! Danke, Papa, danke, Maman, danke, meine Freunde, danke, Amandine!

Später, und zwar viele Jahre später, fragte sich Petit Hector bisweilen, ob es noch immer der schönste Tag in seinem Leben war …

Manchmal kam es ihm ganz so vor.

Das Ende der Fantastischen Fünf

Eines Tages fiel Petit Hector auf, dass Guillaume ein bisschen traurig aussah. Selbst am Morgen, als er im Pausenhof Fußball gespielt hatte, war er nicht vergnügt gewesen, und dabei hatte Petit Hector diesmal ein paar Pässe richtig gut angenommen; er machte nämlich nicht nur bei den Mädchen Fortschritte, sondern auch beim Fußball.

»Was ist los mit dir?«, fragte Petit Hector.

»Meine Noten …«, sagte Guillaume.

»Ach, so schrecklich sind sie auch wieder nicht.«

»Doch. Meine Eltern haben mit unserem Klassenlehrer und mit dem Direktor gesprochen.«

»Und?«

»Und sie sagen, dass ich nächstes Jahr besser auf eine andere Schule gehe.«

»Weit von hier?«

»Nein, nicht so weit … Aber ich habe keine Lust, dorthin zu gehen; ich kenne da niemanden.«

Petit Hector verstand das.

»Sie sagen, dass die neue Schule für mich besser ist«, meinte Guillaume. »Dass ich dort nicht mehr hinter den anderen zurückbleibe.«

»Und warum das?«

»Weil man mich in eine Schule mit lauter Sehrschlechten steckt, darum.«

»Und warum schicken sie dich nicht auf eine Fußballschule?«, fragte Petit Hector.

»Sie sagen, dass ich an der neuen Schule sowieso schon mehr Fußball spielen kann.«

»Na ja«, meinte Petit Hector, »das ist vielleicht die gute Seite daran.«

Und er versuchte, Guillaume diese Lebensweisheit seiner Maman zu erklären, aber es war schwierig, denn Guillaume war traurig, und wenn man traurig ist, lernt man nur schwer.

Ein paar Tage später schien es Guillaume wieder etwas besser zu gehen. Er hatte mit seinen Eltern die neue Schule besichtigt, und es war ein sehr schönes und ganz modernes Gebäude – wahrscheinlich war sie doch nicht bloß für die Sehrschlechten erbaut worden!

Aber jetzt war es Orhan, der ein bekümmertes Gesicht machte.

»Wir gehen fort«, sagte er.

»Wohin denn?«

Orhan erklärte, dass sein Papa beschlossen hatte, in einen anderen Teil des Landes zu gehen, wo viel mehr Häuser gebaut wurden und wo es für ihn also auch mehr Arbeit geben würde.

»Und euer Haus?«

»Da werden Cousins von uns drin wohnen.«

»Aber wir können uns wenigstens in den Sommerferien sehen«, schlug Petit Hector vor.

Er versuchte, auch hier die gute Seite zu finden, aber es war ziemlich schwer.

»Können wir nicht«, sagte Orhan. »In den Sommerferien fahren wir in Papas Heimat.«

»Vielleicht kommen wir dich eines Tages besuchen!«

»Na ja, ich weiß nicht, ob es dir gefallen wird …«

Petit Hector sagte sich, dass dies wieder die Lebensregel war, die er schon kannte: Wenn alles glatt läuft, kann es nicht ewig so weitergehen. Aber vielleicht würde Orhan ja in dieser anderen Stadt auch gute Freunde finden.

Womöglich war das die gute Seite, auch wenn es im Augenblick schwer einzusehen war.

Einige Zeit später sah Arthur traurig aus.

»Meine Eltern lassen sich scheiden«, erklärte er.

»Was, wirklich?«

»Ja. Sie haben sich sowieso schon pausenlos gestritten.«

Plötzlich bekam Petit Hector es richtig mit der Angst zu tun. Wenn Arthurs Mutter nun wegging, um sich seinen Papa zu schnappen? Danach konnte er Arthur natürlich nicht fragen.

»Und du, bei wem wirst du bleiben?«

»Bei Maman. Aber ich werde von Zeit zu Zeit auch zu Papa fahren, am Wochenende und in den Ferien.«

»Und in welchem Haus werdet ihr wohnen?«

»Sie verkaufen das Haus. Und dann ziehen wir weg.«

»Wer zieht weg?«

»Maman und ich. Sie sagt, sie kann in der Stadt, wo Oma und Opa wohnen, Arbeit finden.«

Es war furchtbar: Petit Hector machte diese Nachricht froh und glücklich, denn nun war er sicher, dass sein Papa niemals mit Arthurs Mutter fortgehen würde. Aber das konnte er Arthur natürlich nicht erzählen, denn es hätte ihn nicht getröstet.

»Also wechselst du auch die Schule.«

»Na ja, klar.«

»Oje, ist das alles traurig!«

Und wirklich waren sie alle sehr betrübt, denn sie spürten, dass es das Ende der Fantastischen Fünf bedeutete.

Immerhin blieben noch Petit Hector und Binh.

Und Amandine selbstverständlich.

Er wusste, dass es mit ihm und Amandine etwas für immer war, selbst wenn sein Vater gesagt hatte, dass man nie sicher sein konnte.

Und dann begannen die großen Ferien.

Petit Hector und die Straße des Lebens

Die Schule hatte aufgehört, und Petit Hector saß hinten im Auto, während seine Maman lenkte und sein Papa sich neben ihr ausruhte.

Sie waren unterwegs in ein anderes Land – ein wärmeres, in dem es Strände gab, wo er baden konnte, und auch gute Weine, die sein Papa verkosten wollte. Jetzt durchquerten sie eine sehr schöne Landschaft mit Wolken und Sonne.

»Alles in Ordnung, Petit Hector?«

»Hm.«

»Ist dir auch nicht schlecht?«

»Nein.«

»Freust du dich, ans Meer zu fahren?«

»Hm.«

»Also wirklich, dein Sohn ist nicht gerade gesprächig.«

Das stimmte auch, und es lag daran, dass Petit Hector an Amandine dachte. Er hatte sich gewünscht, dass sein Papa und seine Maman sie mit in den Urlaub nahmen, aber das ging nicht, weil Amandine in den Ferien quer durchs ganze Land zu einer ihrer Tanten aufs Dorf fahren musste, das war schon so geplant gewesen. Sie sollte dort mit ihren Cousins und Cousinen zusammen sein. Das hatte man ihm als Grund genannt, aber Petit Hector hatte auch gespürt, dass seine Eltern und Amandines Eltern nicht unbedingt große Lust hatten, ihn die Ferien mit Amandine verbringen zu lassen. Eines Tages hatte er gehört, wie seine Maman zu Amandines Mutter sagte: »Sie sind noch ein bisschen jung, nicht wahr?« Und Amandines Mutter hatte geantwortet: »Ja, sie müssen es erst lernen.« Was denn lernen? Und überhaupt – wenn Petit Hector daran dachte, wie sich Amandines Mutter mit Amandines Vater gestritten hatte, fragte er sich wirklich, ob die beiden ihnen etwas Interessantes beizubringen hatten!

Vor der Abfahrt hatte Amandine gesagt: »Wir schreiben uns, ja?«

Petit Hector hatte zugestimmt, aber auch hundert Briefe änderten nichts an der Tatsache, dass sie sich zwei Monate lang nicht sehen würden!

Als er daran dachte, war ihm zum Heulen zumute. Aber weil auch Amandine bei ihrem Abschied die Tränen gekommen waren, machte ihn der Gedanke traurig und vergnügt zugleich.

»Du wirst sehen«, sagte sein Papa, »am Meer findest du schnell Freunde!«

Wie konnte sein Vater wissen, dass er sich am Meer mit Jungen oder Mädchen, die er nicht einmal kannte, anfreunden würde!

»Ich weiß, dass du traurig bist«, sagte Petit Hectors Maman. »Versuch aber mal, die gute Seite an der Sache zu sehen. Du wirst schöne Ferien verbringen, und danach wirst du Amandine wiedersehen, und dann werdet ihr euch eine Menge zu erzählen haben!«

Er wusste, dass seine Mutter recht hatte, und doch hatte er keine Lust, die gute Seite der Dinge zu sehen. Er wollte sich lieber Kummer machen, indem er an Amandine dachte.

Inzwischen hatte es begonnen zu regnen, und die schönen Hügel waren in einer Art von Nebel verschwunden; seine Maman fuhr jetzt langsamer.

»Ich hoffe, das hält nicht an«, meinte sie.

»Wo wir hinfahren, ist schönes Wetter«, sagte sein Papa.

»Jedenfalls meistens …«, sagte seine Maman.

Petit Hector war es völlig egal, ob dort schönes oder scheußliches Wetter war. Und es war ihm auch schnuppe, ob er am Meer Freunde fand oder nicht; Lust hatte er sowieso keine darauf.

In diesem Augenblick brach die Sonne wieder durch die Wolken, die Landschaft erglänzte, denn alles war noch feucht, und es sah sehr schön aus, man musste es schon zugeben.

Sein Vater drehte sich zu ihm um: »Herrlich, nicht wahr?«

»Ja«, sagte Petit Hector.

»Weißt du, diese Straße ist wie das Leben. Es gibt Momente, in denen es regnet, und später wird es wieder schön, auch wenn man weiß, dass es irgendwann einmal neuen Regen geben wird. Wichtig ist nur, dass man weiterfährt ...«

»Und dass man so einigermaßen weiß, wohin die Reise geht«, fügte seine Maman hinzu.

»Verstehst du, Petit Hector?«

»Wenn man mit dem Auto die Straße langfährt, ist es wie das Leben?«

»Ja«, sagte sein Papa. »Man fährt und fährt und fährt, und dabei erlebt man schöne Augenblicke und weniger schöne und dann wieder schöne ...«

Petit Hector begann darüber nachzudenken. Er sagte sich, dass er diesen Satz am Abend in sein Notizbüchlein eintragen würde. Und am Ende der Straße, die ihn nach den Ferien zurück in seine Stadt führen würde, wartete schließlich Amandine auf ihn.

»Glaubst du, jetzt ist der richtige Moment dafür?«, fragte Petit Hectors Maman plötzlich.

»Natürlich«, sagte sein Papa.

»Der richtige Moment für was?«, fragte Petit Hector, und er hatte schon begriffen, dass seine Eltern über ihn sprachen.

»Wir haben dir eine große Neuigkeit mitzuteilen, Hector«, sagte sein Papa.

»Ja«, sagte seine Maman. »Wir hoffen, sie wird dir Freude bereiten.«

Eine große Neuigkeit? Waren seine und Amandines Eltern vielleicht doch einverstanden, und Amandine durfte ans Meer nachkommen? Oder aber ... Petit Hector kam eine schreckliche Idee: Wenn seine Eltern ihm nun verkündeten, dass sie sich scheiden ließen?

Zerstritten sahen sie allerdings nicht aus, aber vielleicht hatten sie ja extra trainiert, sich nichts anmerken zu lassen? Er begann in Gedanken vor sich hin zu sprechen: »Lieber Gott, mach, dass ...«

Und dann sagte seine Maman: »Du wirst eine kleine Schwester bekommen.«

Später dachte Petit Hector, dass er nicht so recht wusste, ob es eine gute oder eine schlechte Überraschung ist, wenn man eine kleine Schwester bekommt, aber dass die Sache auch ganz bestimmt ihre gute Seite hatte.

Eine kleine Schwester haben, Amandine wiedersehen – all das war also die Straße des Lebens. Er blickte nach vorn zu seinen Eltern. Inzwischen saß sein Vater am Lenkrad, und Maman lehnte mit dem Kopf an seiner Schulter, und Petit Hector sagte sich, dass er wirklich die besten Eltern der Welt hatte.

Am Abend schrieb er in sein Notizheft:

Eine kleine Schwester zu kriegen, das ist wie auf der Autobahn – man weiß nicht, ob es schön wird oder nicht.

Die Straße des Lebens, das ist ungefähr das Gleiche wie das Leben mit dem ganz großen L.

Epilog

Petit Hector war herangewachsen.

Am Ende war er tatsächlich ein Spion geworden, aber das ist schon wieder eine andere Geschichte.

Während seines Studiums an der Universität hatte er Gelegenheit gehabt, Einblicke in die Philosophie zu bekommen, und ihm war klar geworden, dass die Diskussionen seiner Eltern über das Gute und das Böse bereits vor vielen Jahrhunderten ihren Ausgang genommen hatten und dass noch niemand eine Lösung gefunden hatte, mit der alle Welt einverstanden war.

Es gab diejenigen, die sagten: Um zu wissen, ob eine Handlung gut ist, muss man sich die Frage stellen, ob sie zum Modell tauge für eine universell gültige Regel, die allen Menschen etwas Gutes brächte, wenn sie sich überall durchsetzen würde. So dürfe man beispielsweise niemals lügen oder betrügen – ganz wie es seine Mutter oft gesagt hatte und Kant übrigens auch.

Andere, die mehr aufseiten seines Vaters standen, waren folgender Meinung: Um eine Handlung zu beurteilen, muss man sich von Fall zu Fall anschauen, welche Konsequenzen sie hat. Und wenn so eine Handlung der größtmöglichen Zahl von Menschen den größtmöglichen Nutzen bringt, nun ja, dann ist sie gut! Der Zweck heilige die Mittel, sagten diese Leute und: »Ein bisschen Schlechtes, um desto mehr Gutes zu erreichen«; sie konnten das sogar auf Latein sagen.

Wie bei allen Erfindungen des Menschen war es natürlich auch hier so, dass man sich dieser beiden Denkweisen sowohl bedienen konnte, um Gutes zu vollbringen, als auch, um Schlimmes anzurichten.

Da hatten brave Familienväter versucht, universell gültige Gesetze zu befolgen wie »Man muss seinen Vorgesetzten gehorchen« oder »Man darf seine Freunde nicht fallen lassen, wenn sie in Schwierigkeiten sind« (und welche Gesellschaft könnte ohne diese guten Gesetze funktionieren?) – und plötzlich hatten sie in einer Uniform gesteckt und furchtbare Dinge getan.

Andererseits waren sehr gut erzogene Leute dem Gesetz »Ein bisschen Schlechtes, um desto mehr Gutes zu erreichen« gefolgt und hatten sich dazu ermächtigt gefühlt, ein paar Städte samt ihren Bewohnern unter Bomben verschwinden zu lassen, und das zu dem guten Zweck, einen Krieg schneller zu beenden und auf diese Weise das Leben ihrer Soldaten zu retten. Und andere wirklich intelligente Leute, welche die Gerechtigkeit auf Erden durchsetzen wollten, hatten sich ausgedacht, dass man alle Reichen und Beinahereichen eines Landes verschwinden lassen müsste und so zum Immerwährenden Großen Guten gelangen würde – zu einer Gesellschaft, in der es weder Reiche noch Arme gab und also auch keinen Neid und in der alle Menschen Brüder waren. Aber mal ganz abgesehen von den Großen Säuberungen der Anfangszeit war es auch hinterher nicht so gelaufen, wie man es geplant hatte, und diese Methode hatte niemals funktioniert, obwohl man sie in einer Menge verschiedener Länder ausprobiert hatte.

All das machte Petit Hector nachdenklich, und manchmal dachte er sogar über seine Arbeit als Spion nach, denn wie im Beruf seines Vaters gab es auch dort Fälle, wo man besser nicht alles erzählte und sogar Geschichten, die einen nachts am Einschlafen hinderten.

Aber noch nachdenklicher machte ihn der Tag, an dem er seinen Eltern beim Ausziehen aus dem Haus seiner Kindheit half, weil sie künftig in einer Wohnung leben wollten, die näher am Stadtzentrum lag.

Petit Hector hatte jetzt genau das Alter, das sein Vater gehabt hatte, als Petit Hector ein kleiner Junge gewesen war. Das Alter, in dem man so richtig merkt, dass der eigene Vater, den man lange Zeit für den stärksten der Welt gehalten hat, ein bisschen müde zu werden beginnt, und an so einem Umzugstag merkte man es ganz besonders. Seine Maman schien besser in Form zu sein, vielleicht, weil sie mit der Zeit gelernt hatte, sich weniger Sorgen wegen ihrer Präsentationen zu machen.

Sie hatten sich gewünscht, dass Petit Hector und seine Schwester vorbeikamen und ihre Kinderzimmer ausräumten; sie sollten entscheiden, welche Bücher und Spielsachen sie als Erinnerungsstücke behalten wollten und welche man weggeben konnte.

Seine Eltern nannten ihn jetzt nicht mehr »Petit Hector«, sondern bloß noch Hector, denn letztendlich war er größer geworden als der große Hector.

In seinem ehemaligen Zimmer entdeckte Hector mit großem Vergnügen seine *Tim und Struppi*-Sammlung wieder, aber als er den Comicstapel vom Regal nehmen wollte, fiel ein alter Schuhkarton mit hinunter; der Deckel sprang ab, und ein Dutzend kleine schwarze Notizbücher purzelten auf den Fußboden. Er schlug eines davon auf, und mein Gott, es waren die kleinen Hefte seines Vaters, in denen er sich Notizen gemacht und seine täglichen Gedanken aufgeschrieben hatte. Als Hector sie durchblätterte, sah er in den Ecken der Seiten Datumseinträge, die weit zurückreichten; er hörte sofort zu lesen auf und sagte sich, dass sein Vater bestimmt nicht mehr wusste, dass er diese alten Notizbücher hier hingeräumt hatte. Als er sie wieder in den Karton stecken wollte, fiel ihm ein zusammengefaltetes Blatt auf, das aus einem der Notizbücher ragte, die beim Fallen aufgeklappt waren.

Ein Brief. Große, sehr regelmäßige Buchstaben in schöner türkisblauer Tinte, wahrscheinlich von einer Frau geschrieben.

Der Brief begann einfach so, ohne die Person, an die er sich richtete, in einer Anrede zu nennen.

Ja, letzten Endes haben Sie recht; jedenfalls versuche ich es mir einzureden.

Ich denke aber weiterhin an Sie. Sobald ich Sie sehe, sobald ich Ihre Stimme höre, fühle ich mich lebendig. Sie zu sehen, in Ihrer Nähe zu sein, macht mich glücklich. Und wenn wir über lauter kleine Dinge reden, während wir vor der Schule auf unsere Jungen warten, dann spüre ich, dass auch Sie nicht mehr derselbe sind, wenn unsere Blicke einander begegnen.

Ich habe Ihnen niemals Unglück bringen oder Ihre Familie zerstören wollen, ich wollte einfach nur ein kleines bisschen von Ihnen. Ganz im Geheimen.

Sie antworten mir, dass die Heimlichkeit nichts an der Sache ändert und dass wir, selbst wenn unsere Partner nie etwas erfahren sollten und wir niemandem wehtun würden, dennoch etwas zerbrochen, eine Regel verletzt hätten.

Sie sagen mir, dass Sie Ihre Frau lieben, und das glaube ich Ihnen, aber ich glaube auch, dass Sie zu jenen Männern gehören, die zwei Frauen gleichzeitig zu lieben vermögen. (Mein Mann ist da anders: Trotz all seiner Seitensprünge ist er nicht imstande, auch nur eine Frau wahrhaft zu lieben.) Und im Übrigen – wenn ich von Ihrer Seite keine Regung verspürt hätte, ich hätte mich Ihnen niemals so sehr genähert.

Nun, Sie sind wahrscheinlich besser und klüger als ich – ein Grund mehr, um dem nachzutrauern, was zwischen uns vielleicht hätte sein können. Um keine Gefühle auszudrücken, von denen Sie nichts hören möchten, beende ich den Brief an dieser Stelle.

Ich werde an Sie denken, mein Freund, aber aus der Ferne, da Sie es ja so wollen.

Und dann eine beinahe unleserliche Unterschrift, in der Hector dennoch einen Vornamen erkannte – den von Arthurs Mutter. Er spürte, wie stark sein Herz pochte.

»Was liest du da?«, fragte seine Schwester, die ganz leise ins Zimmer gekommen war. Hector reichte ihr den Brief.

Seine Schwester las und schaute Hector an.

Ohne ein Wort gingen sie in die Küche hinunter und suchten nach einer Schachtel Streichhölzer; dann verbrannte Hectors Schwester den Brief über dem Spülbecken, und hinterher ließ sie eine Menge Wasser laufen, um die Asche zu beseitigen. Als Hector sah, wie ruhig und entschieden sie gehandelt hatte, sagte er sich, dass sie eine gute Spionin abgeben würde, was sie selbst vielleicht gar nicht wusste.

»Was macht ihr da in der Küche?«, rief ihre Maman.

»Ach, nichts, wir haben gerade beschlossen, uns einen Tee aufzubrühen.«

»Gute Idee«, sagte ihr Papa, »ich nehme auch einen.«

»Guck mal, Papa, was ich in meinem Zimmer gefunden habe.«

Und Hector stellte die Schachtel mit allen Notizbüchlein seines Vaters auf den Tisch.

»Meine Notizhefte! Das ist ja eine Ewigkeit her, dass ich die nicht mehr aufgeschlagen habe …«

»Schreibst du eigentlich noch welche?«

»Nein …«, sagte sein Papa und begann die Büchlein eins nach dem anderen durchzusehen.

Hector sah, dass er versuchte, jedem Notizbuch ein Jahr zuzuordnen. Plötzlich hielt er inne.

»Aber schau doch bloß, hier sind ja nicht nur meine drin!«

Er schlug das kleine Buch zu und reichte es Hector. Der

öffnete es, und es war sein eigenes – dasjenige, das er vollgeschrieben hatte, als er Petit Hector gewesen war! Aus dem Jahr, als er ein Junge gewesen war, der das Leben mit dem ganz großen L lernen wollte! Er fing an, darin zu blättern.

… Wenn man etwas sagt, darf man nicht vergessen, zu wem man spricht … Ein Löwe kann die gute Seite der Dinge nicht sehen … Wenn man mit den Mädchen sprechen will, muss man als Erster weggehen …

Bei manchen Sätzen konnte er sich noch erinnern, sie einst aufgeschrieben zu haben, bei anderen überhaupt nicht, und dann war es, als läse er eine Botschaft, die ein unbekannter Junge über die Zeiten hinweg an ihn gerichtet hatte.

»Wir würden auch gern was davon haben«, sagte seine Maman.

»Von all dieser Weisheit«, sagte seine Schwester und lächelte.

»Einverstanden«, sagte sein Vater und reichte Hector eines von seinen kleinen Notizheften. »Hier, das habe ich geschrieben, als ich ungefähr so alt war wie du heute.«

Hector griff nach dem Notizbuch und gab sein eigenes dem Vater hinüber.

»Und wir?«, fragte seine Schwester.

Hector und sein Vater schauten einander an.

»Und wenn wir den Tee im Garten trinken?«, meinte Hectors Vater.

Später, als sie alle im Schatten rund um den Teetisch saßen, fingen Vater und Sohn damit an, das Heft des anderen zu durchblättern.

Hector begann:

Lektion Nr. 4: Viele Leute denken, dass Glück bedeutet, reicher oder mächtiger zu sein.

Sein Papa lächelte, blätterte in Hectors Büchlein eine Seite um und las:

Wenn man dreimal so viel verdient wie vorher, kann man da-

von Lust bekommen, noch einmal dreimal so viel zu verdienen und dann noch einmal dreimal so viel.

»Unglaublich!«, rief Hectors Schwester.

»Nein«, sagte ihre Maman, »eigentlich nicht.«

Hectors Vater blätterte im Notizbuch von Petit Hector noch eine Seite weiter und las:

Man muss im Leben immer die gute Seite der Dinge sehen.

»Meine Güte«, sagte Hectors Maman, »ich erinnere mich ...«

»Ich auch, Maman. Eines Tages waren wir im Zoo, und da ... Aber hört mal: *Lektion Nr. 20: Glück ist eine Sichtweise auf die Dinge.*«

»Ich bin so froh, dass du das nicht vergessen hast«, sagte Maman.

Und dann las Hectors Vater wieder etwas vor:

Die Ritter haben die Regeln befolgt – wie Maman.

Und Hector antwortete:

Lektion Nr. 22: Frauen achten mehr auf das Glück der anderen als Männer.

Sein Papa grinste ein bisschen und las:

Odysseus war ein Nuttilitarist.

»Wie du, Chéri«, sagte Hectors Maman und lachte.

Als Hector an den Brief dachte, den seine Schwester gerade verbrannt hatte, hätte er seiner Mutter gern widersprochen und ihr gesagt, dass die Dinge nicht so einfach lagen und dass sein Vater nicht bloß ein Utilitarist war, aber er sah, wie sich seine Eltern anschauten, und sagte sich, dass es wirklich nicht nötig war.

ENDE

Dank

Danken möchte ich zuerst meinen Eltern für ihre Liebe, und auch meiner Frau, von deren Fröhlichkeit hoffentlich ein wenig in diese Seiten eingeflossen ist. Meine ganzen Dank möchte ich dem Piper Verlag aussprechen, allen, die seit Jahren den Erfolg von Hector gewährleisten, und meinem Übersetzer, der Hector in deutscher Sprache ein neues Leben gegeben hat.

F. L.

François Lelord

... wurde am 22. Juni 1953 in Paris geboren, sein Vater war Kinderpsychiater, seine Mutter arbeitete in der Stadtverwaltung von Paris.

> *»Mein Vater war ebenfalls Psychiater, und so verbrachte ich meine Kindheit und Jugend in einem Haus aus dem neunzehnten Jahrhundert, das zu der Klinik im sechsten Arrondissement gehörte, in der mein Vater tätig war. Seine Patienten arbeiteten – wie es damals üblich war – bei uns als Hausmädchen und Gärtner. Mit manchen von ihnen freundete ich mich an und gewöhnte mich an ihre delirierenden Ausbrüche: mit dem Gärtner, der sich unter den Rasensprenger legte, um sich vor Strahlungen vom Mars zu schützen, mit den Köchinnen, die am Herd mit denen sprachen, deren Stimmen sie immerzu hörten ... Bestimmt beeinflussten diese frühen Begegnungen Hectors Sicht auf die Welt.«*

... Mit 11 Jahren liest er Freuds »Einführung in die Psychoanalyse«.

... 1981 bis 1985 Assistenzarzt am Centre Hospitalier Universitaire de Tours.

... 1985 Doktor der Medizin, Certificat d'Études Spéciales de Psychiatrie. Thema der Doktorarbeit: Kognitive Therapieformen bei Depressionen.

… 1985 Das kalifornische Jahr. Post-Doktorat an der Universität von Los Angeles bei Professor Robert Paul Liberman.

»Kalifornien machte es mir leicht. Der blaue Himmel, Palmen, der Pazifik, die Hollywood-Partys und zugleich die besten Arbeitsbedingungen in einem hervorragenden Forschungsteam, das den Post-Doktoranden mit dem schrecklichen Englisch so herzlich aufnahm … Ich werde nostalgisch, sobald ich Santa Monica, Pacific Palisades oder Malibu höre. Und erst mein Pontiac Le Mans Cabriolet …«

… 1986 bis 1988 Oberarzt am Hôpital Necker – Université René Descartes, Paris.

… 1989 bis 1996 Psychiater in Paris mit Arbeitsschwerpunkt in den Bereichen Angst, Depression, Stress. 1996 schließt Lelord seine Praxis, um sich und seinen Lesern die wirklich großen Fragen des Lebens zu beantworten. Er ist viel auf Reisen, besonders gerne in Asien.

… 1993 Veröffentlichung der »Contes d'un psychiatre ordinaire« bei Éditions Odile Jacob: Fallstudien aus der Psychiatrie in Erzählform. Eine überarbeitete Ausgabe ist bei Piper in Vorbereitung.

… 1996 bis 2004 Beratung der Personalabteilungen öffentlicher Institutionen und Firmen zu den Themen »Zufriedenheit im Beruf« und »Stress«.

»Wie Hector war ich jahrelang als Berater für große Firmen tätig. Die Welt der Arbeit hat mich immer interessiert, und ich finde es nie langweilig, wenn jemand von seinem Berufsalltag erzählt. Das Hickhack am Arbeitsplatz ist ein faszinierendes Thema, solange man nicht direkt betroffen ist!«

… 2002 »Hectors Reise oder die Suche nach dem Glück« erscheint zunächst in Frankreich. Der Bestseller wird in vierzehn Sprachen übersetzt. 2004 erscheint die deutsche Ausgabe und wird ein millionenfacher Erfolg.

»Hectors Erfolg in Deutschland macht mich glücklich. Ich fühle mich meinen so zahlreichen Lesern sehr verbunden, obwohl ich nicht einmal ihre Sprache spreche. Ich bedaure, Griechisch und Latein gelernt zu haben und nicht Deutsch. Ein Jammer, Aristoteles wird meine Bücher niemals lesen …«

… seit 2004 lebt, arbeitet und reist François Lelord viele Monate des Jahres in Asien. U. a. ist er als Psychiater am Hôpital Français in Hanoi, Vietnam, tätig, sowie am Centre Médical International (Fondation Alain Carpentier) in Ho-Chi-Minh-Stadt.

»Asien ist eine Zäsur für mich, hier beginnt der zweite Teil meines Lebens. Wenn alles neu ist, fühlt man sich selbst wie neugeboren, also sehr jung! Und in Ländern wie Vietnam oder Kambodscha denkt man sehr viel über das Glück nach …«

»Viele fragen sich, ob Hector und ich ein und dieselbe Person sind. Da ist etwas Wahres dran, aber mir wird immer klarer: Die Person, der Hector wirklich ähnelt, ist mein Vater. Kürzlich sagte ein sehr kluger Freund, der Hectors Reise gelesen hatte, zu ihm: ›Hector, das bist doch eindeutig du!‹ Aber natürlich ähneln auch wir beide uns.«